大雅

为一种品格注脚

拜德雅
Paideia

Jules Supervielle

苏佩维埃尔文集

主　编

曹丹红　尉光吉

Jules Supervielle

苏佩维埃尔

诗集②

Le Forçat innocent

Les Amis inconnus

陌生的朋友们

[法] 于勒·苏佩维埃尔 / 著

吴燕南 / 译

广西人民出版社

目 录

总　序

曹丹红

于勒·苏佩维埃尔（Jules Supervielle，1884—1960），法国诗人、小说家、剧作家，生前出版的主要作品包括十九部诗集与诗文选、十三部小说与故事集、六部剧作。

自19世纪上半期乌拉圭独立以来，大批法国人到那里做生意。1880年，苏佩维埃尔的伯父贝尔纳（Bernard）在乌拉圭开设银行，并邀请苏佩维埃尔的父亲于勒（Jules）前去一同经营。于勒在乌拉圭结婚，其妻子玛丽（Marie）是贝尔纳的妻子玛丽-安妮（Marie-Anne）的妹妹。1884年1月16日，苏佩维埃尔出生于蒙得维的亚。同年，苏佩维埃尔的父母回法国探亲，却在奥洛龙-圣玛丽双双突发疾病去世（一说是死于铜绿中毒，一说是死于霍乱）。随父母回国的苏佩维埃尔当时只有八个月大，他先是被托付给在法国的祖母照顾，两岁时随伯父返回乌拉圭，由伯父一家抚养。儿时的苏佩维埃尔对父母去世的悲剧没有记忆，直到九岁才在无意中得知自己的身世。在一些批评家看来，幼年丧失双亲、之后又遗忘这一事件的双重悲剧在无意识之中对他产生了巨大的影响，这种影响后来以直接或间接的方式体现于他一生的文学创作中。

1894 年，伯父一家定居巴黎，苏佩维埃尔也随同返回法国，并进入著名的让松·德·萨伊中学学习，1902 年高中毕业。据苏佩维埃尔自己回忆，他在中学期间读到雨果、缪塞、拉马丁等法国诗人的作品，也产生了创作诗歌的念头，并取得了第一项实践成果，即十六岁时自费出版的首部诗集《过去的雾》（*Brumes du passé*）。1905 年，苏佩维埃尔加入法国国籍。1907 年，他与同样出生于蒙得维的亚的皮拉尔·萨维德拉（Pilar Saavedra）在乌拉圭结婚。1912 年，他正式定居巴黎，同年出版诗集《仿佛帆船》（*Comme des voiliers*）。1914 年，“一战”爆发，他应征入伍，由于健康原因，也因精通多门语言，他被安排在邮检部门工作。

1919 年，苏佩维埃尔出版诗集《悲伤的幽默之诗》（*Les Poèmes de l'humour triste*）。同年，他将先前的诗作合编为《诗集》（*Poèmes*）出版，引起法国诗坛关注。但他第一部重要的诗集《码头》（*Débarcadères*）要到 1922 年才出版。之后苏佩维埃尔进入了高产期：1923 年出版小说《潘帕斯人》（*L'Homme de la pampa*），1925 年出版诗集《万有引力》（*Gravitations*），1926 年出版小说《偷孩子的人》（*Le Voleur d'enfants*），1930 年出版诗集《无辜的苦役犯》（*Le Forçat innocent*），1931 年出版故事集《远洋上的孩子》（*L'Enfant de la haute mer*）和剧作《林中美人》（*La Belle au bois*），1934 年出版诗集《陌生的朋友们》（*Les Amis inconnus*），1938 年出版故事集《挪亚方舟》（*L'Arche de Noé*）和诗集《世界的寓言》（*La Fable du monde*）。

1939 年 8 月，苏佩维埃尔回蒙得维的亚参加大儿子的婚礼。他原本计划逗留两个月后返回法国，然而“二战”爆发，他被迫留在蒙得维的亚，在那里生活了近七年。在此期间，他笔耕不辍，与“自由法国”的多份杂志保持合作，尤其为罗歇·凯卢瓦（Roger Caillois）在阿根廷出版的《法国文学》（*Lettres françaises*）和艾田蒲（René Étiemble）在埃及出版的《价值》（*Valeurs*）供稿。1946 年，苏佩维埃尔被任命为乌拉圭驻巴黎公使团荣誉文化专员，得以重返法国。同年，他出版神话故事集《俄耳甫斯》（*Orphée*）。1950 年，他将此书与其他故事合编为《宇宙的第一阵脚步》（*Premiers pas de l'univers*）出版。1951 年，自传《饮于泉》（*Boire à la source*）出版。1959 年，诗人出版最后一部诗集《悲情的身体》（*Le Corps tragique*）。1960 年 5 月 17 日，苏佩维埃尔在巴黎家中病逝，葬于奥洛龙 - 圣玛丽。

1949 年，苏佩维埃尔获得“评论家奖”。1955 年，他凭借诗集《善忘的记忆》（*Oublieuse mémoire*，1949）获得“法兰西学院文学大奖”。1960 年，他获得“诗人王子”称号。“诗人王子”不是官方颁发的荣誉称号，也没有固定的选拔程序，但代表了法国文学界对同时代诗人的最高认可。在苏佩维埃尔之前，获此称号的仅有魏尔伦、马拉美和保罗·福尔（Paul Fort）等少数几位诗人。我们由此也可见苏佩维埃尔在法国诗歌史上的重要性。此外，苏佩维埃尔的影响并不局限于法国，他的作品也受到里尔克等诗人的推崇。《万有引力》出版后，里尔克给苏佩维埃尔写了一封热情洋溢的信，表明自己“非常高兴能够拥有诗人的这部杰作”，认为诗人的话语表现出“珍贵的天赋”，并将其与哥伦布相比，称赞他是“在空间之中搭建桥梁的伟大建筑师”。[1]

* * *

在名家辈出的法国现代文坛，苏佩维埃尔毫无疑问是一个不能被忽略的独特存在。法国诗歌研究专家让 - 米歇尔·默尔波瓦（Jean-Michel Maulpoix）认为苏佩维埃尔是“本世纪最重要的诗人之一”。[2] 在苏佩维埃尔的创作生涯中，有一个特别重要的元素，也就是朋友。法国《快报》（*L'Express*）在 2012 年一篇题为“关于苏佩维埃尔的三件必须知道的事”的小文中，将“他有很多朋友”作为必须知道的第三件事。朋友们对苏佩维埃尔的创作影响体现在各个方面，他在他们的

1 Claude Roy, *Jules Supervielle*, P. Seghers, 1970, pp.28-29.

2 Jean-Michel Maulpoix, « Jules Superveille, le réconciliateur », https://www.maulpoix.net/supervielle.html.

建议下修改作品，在他们的帮助下发表或出版自己的作品，在他们的赞美中树立信心，在他们的拥戴中成为“诗人王子”。可以说，友谊是苏佩维埃尔创作生涯不可或缺的部分。

苏佩维埃尔步入文坛，既是他本人创作才华的必然结果，也借助了友谊的力量。尽管从小表现出写诗的天分，早在中学时代就出版了诗集，但苏佩维埃尔正式步入法国文坛，还要从 1919 年算起。那一年，苏佩维埃尔出版了《诗集》。从后世的评价来看，《诗集》并不是苏佩维埃尔最重要的作品，但当时的“诗人王子”福尔为其写了一篇充满溢美之词的序言，令这部作品受到文坛关注，特别吸引了安德烈·纪德（André Gide）和保罗·瓦莱里（Paul Valéry）的目光。经二人介绍，苏佩维埃尔结识了他们的朋友、时任《新法兰西杂志》（*La Nouvelle Revue française*）主编的雅克·里维埃（Jacques Rivière），并开始定期参加里维埃家中的星期三聚会。诗人的很多作品都是先在《新法兰西杂志》上发表，之后再结集于新法兰西杂志出版社出版。通过里维埃等人，苏佩维埃尔得以进入《新法兰西杂志》供稿者组成的作家圈子，结识了众多在当时深具影响力的作家，除了纪德、瓦莱里、里维埃，还有之后成为《新法兰西杂志》第二任主编的让·波朗（Jean Paulhan），以及瓦莱里·拉尔博（Valery Larbaud）等人。

拉尔博对苏佩维埃尔的影响尤其大。在很长一段时间里，拉尔博都扮演着苏佩维埃尔的导师的角色。拉尔博曾为著名的杂志《交际》（*Commerce*）工作。该杂志由巴夏诺公主玛格丽特·卡埃塔尼（Marguerite Caetani）赞助创办，于1924年至1932年发行，保罗·瓦莱里、莱昂-保罗·法尔格（Léon-Paul Fargue）和拉尔博担任主编，圣-琼·佩斯（Saint-John Perse）和波朗担任“执行”主编，是这一时期炙手可热的文学杂志。因为拉尔博的极力推荐和无私帮助，苏佩维埃尔得以在《交际》发表文章，逐渐获得文坛认可。也是在拉尔博的帮助下，《欧洲杂志》（*La Revue européenne*）等重要刊物也开始发表苏佩维埃尔的作品。

苏佩维埃尔的另一位挚友是亨利·米肖（Henri Michaux）。1920年代初，米肖移居巴黎，苏佩维埃尔接待了他，二人结下一生的友谊。1936年，米肖在苏佩维埃尔陪同下前往南美洲旅行，先至乌拉圭苏佩维埃尔家中，之后二人又一同前往布宜诺斯艾利斯参加国际笔会大会。苏佩维埃尔研究专家米歇尔·柯罗（Michel Collot）曾说：“很长一段时间里，将米肖与苏佩维埃尔联结起来的亲密友情令人吃惊。他们的诗歌与他们的性格从表面看来非常不同。”[1]不过他也说过：“这两位作家通过位于他们内心最深处至为隐秘的深渊相互交流。”[2]这种深层次的交流之所以可能，一方面在于二人诗

1 Michel Collot, *La Matière-émotion*, PUF, 1997, p.160.

2 Marion Simonin, « Ne ressembler à personne, toucher tout le monde: Supervielle et ses amitiés littéraires », https://www.fabula.org/colloques/document2509.php.

歌的某种相似性，也即内心“深渊”的存在，不少研究者确实指出，“无论在苏佩维埃尔笔下，还是在米肖笔下，从最初的作品开始，疾病、体弱和死亡的主题就频繁出现”[1]；另一方面可能还在于二人诗歌的互补性，仿佛米肖是极端版的苏佩维埃尔，而苏佩维埃尔是温和版的米肖。在二人的交往中，比苏佩维埃尔小十五岁的米肖似乎是受益更大的一方，他在提到苏佩维埃尔时，曾说后者“有一种巨大的愿望，想要安抚人心、让人平静、宁息事端，通过令现实变得无害的词语的魅力，他想要让事物变得简单、不再可怖”[2]，而他本人从苏佩维埃尔具有镇静力量的词句中获得了“驱除内心暴力的方式”[3]。但是，苏佩维埃尔未尝没有从米肖那里获得帮助。在很多人都认为苏佩维埃尔的诗歌简朴纯真、充满异域情趣时，米肖认出了他的“真面目”，说“他那时内心极度躁动”[4]，苏佩维埃尔的诗歌创作的确经历过一个风格相对暴戾残酷的阶段。或许苏佩维埃尔在米肖身上看到了一个知音，并由此获得慰藉。

1 Marion Simonin, « Ne ressembler à personne, toucher tout le monde: Supervielle et ses amitiés littéraires », https://www.fabula.org/colloques/document2509.php.

2 Henri Michaux, « Mil neuf cent trente », *La Nouvelle Revue française*, n° 20, août 1954, p.197.

3 Michel Collot, *La Matière-émotion*, PUF, 1997, p.160.

4 Henri Michaux, « Mil neuf cent trente », *La Nouvelle Revue française*, n° 20, août 1954, p.197.

如果说拉尔博是导师、米肖是志同道合的朋友，那么艾田蒲更像是苏佩维埃尔的忠实读者与批评家。艾田蒲比苏佩维埃尔小一辈，与其同时代人一样，他年轻时深受兰波诗歌影响。在巴黎高师念书期间，艾田蒲读到苏佩维埃尔的诗作，深受震撼，感到苏佩维埃尔的诗歌为其提供了走出兰波影响的可能性。在写给诗人的信里，艾田蒲提到，“感谢您，我们得以窥见一种没那么受酒神精神影响的诗歌”[1]，言下之意，将苏佩维埃尔比作日神精神的象征，代表着秩序、清晰，也就是古典主义倾向。但二人真正相识还要到 1938 年。那一年，苏佩维埃尔参加了“蓬蒂尼十日谈”，而当年主持该活动的正是艾田蒲。二人就此建立起深厚的友谊，艾田蒲成为苏佩维埃尔的忠实读者，甚至在苏佩维埃尔的剧作中扮演角色。不久后，艾田蒲赴美国任教，苏佩维埃尔也回到乌拉圭，但二人一直保持着通信联系，深入探讨诗人的作品。艾田蒲犀利的目光与中肯的建议促使诗人对自己的诗歌艺术进行反思，艾田蒲的“新古典主义”兴趣及其对创作之中智性与技巧的推崇深深影响了苏佩维埃尔的诗歌创作。1960 年，诗人去世后不久，艾田蒲出版《苏佩维埃尔》（*Supervielle*）一书，这是一部非常个人化的著作，一部集传记、回忆录、文学批评

1 Jeanine Étiemble, *Correspondance 1936-1959: René Étiemble, Jules Supervielle*, texte établi, annoté, préfacé par Jeanine Étiemble, SEDES, 1969, p.8.

于一体的作品，艾田蒲在其中充满感性地介绍了苏佩维埃尔其人其作，感人至深。

考虑到苏佩维埃尔作品的重要性，1954 年 8 月 1 日，复刊后的《新法兰西杂志》第 20 期组织了“致敬苏佩维埃尔”专栏，保罗·克洛岱尔（Paul Claudel）、米肖、艾田蒲等诗人、作家发表文章。1960 年，曾将苏佩维埃尔带入法国文坛的“诗人王子”福尔去世，《文学、艺术和科学新闻报》（*Les Nouvelles littéraires, artistiques et scientifiques*）在征求过波朗、安德烈·布勒东（André Breton）、让·科克托（Jean Cocteau）和米肖等人的意见后，将“诗人王子”的称号授予他们共同的朋友苏佩维埃尔，可惜他在一个多月后便离世了。同年 10 月 1 日，《新法兰西杂志》第 94 期推出专号“致敬苏佩维埃尔（1884—1960）”，纪念这位四个月前逝世的作家，莫里斯·布朗肖（Maurice Blanchot）、科克托、菲利普·雅各泰（Philippe Jaccottet）、乔治·普莱（Georges Poulet）、克洛德·鲁瓦（Claude Roy）、让·福兰（Jean Follain）等人撰写纪念文章。1966 年至 1987 年，伽利玛出版社的“诗歌”（Poésie）丛书陆续出版了苏佩维埃尔的重要诗作。1990 年，安葬苏佩维埃尔的法国城市奥洛龙 - 圣玛丽设立“于勒·苏佩维埃尔奖”，用以表彰当代法国诗人。1996 年，由柯罗编订的《苏佩维埃尔诗全集》（*Œuvres poétiques complètes*）在伽利玛出版社的“七星文库”（Bibliothèque de la Pléiade）出版，主编在前言中提道：“苏佩维埃尔的作品被不断阅读，读者群体不断扩大，一代又一代不断更新，其作品多个再版的袖珍本与多种语言的译本即见证了这一点。但他的作品还没有在20世纪诗歌史中获得应有的位置。”[1]《苏佩维埃尔诗全集》的出版，既是对苏佩维埃尔作品的整理与回顾，以便让后世更好地接受诗人留下的遗产，也标志着苏佩维埃尔从此正式跻身20世纪法国主要诗人的行列。

* * *

因其出生地与个人经历，苏佩维埃尔常常被人与于勒·拉福格（Jules Laforgue）和洛特雷阿蒙（Lautréamont）相提并论，与后面两位一起被称为“三个蒙得维的亚人”。尽管长居法国，苏佩维埃尔始终与乌拉圭保持着密切的联系。他求学期间经常回乌拉圭过暑假；在乌拉圭认识了他的妻子皮拉尔（来自蒙得维的亚当地一个显赫的资产阶级家庭）；二人在乌拉圭结婚，婚后两年在南美度过；“一战”结束后，因经济条件优渥，他得以每隔四五年就回乌拉圭度假，在此创作了多部作品；“二战”期间又在乌拉圭逗留了近七年，直至1946年返回法国。

1 Michel Collot, « Préface: Supervielle entre deux mondes », in Michel Collot éd., *Œuvres poétiques complètes*, Gallimard, coll. Bibliothèque de la Pléiade, 1996, p.IX.

故乡乌拉圭及更广阔的拉丁美洲、将美洲与欧洲隔开的大西洋为苏佩维埃尔的创作提供了无尽的养分。苏佩维埃尔曾在讲座“我是如何成为诗人的”中提到，乌拉圭乡村的空间与自然给他留下深刻的印象，它们成为“他最早的诗歌课”[1]。从他开始写诗起，美洲与大海就自然地出现在他的笔下，诗集《码头》更是以“潘帕斯草原、一间乌拉圭茅屋、邮轮、距离、报警浮球”为副书名，通过这部诗集，“苏佩维埃尔首次成功表达出美洲自然的辽阔与野性”[2]。在之后出版的《潘帕斯人》、《万有引力》、《偷孩子的人》、《幸免于难的人》（*Le Survivant*，1928）、《无辜的苦役犯》等作品中，拉丁美洲为苏佩维埃尔提供了素材、背景、主题、故事、人物，甚至影响了他的创作风格。

但美洲对于苏佩维埃尔来说并非只是异域情调或思乡之情，从更深层次说，美洲为苏佩维埃尔提供了反思欧洲文学和文化的视角。从诗人的作品中，我们能够清晰地看到这种对比与反思的目光的存在，例如，在回忆录《饮于泉》中，诗人提道：“在世上所有的动物中……我最喜欢的是潘帕斯草原上的奶牛——瘦骨嶙峋的、血统不纯的、四处游荡的奶牛，

1 Michel Collot, « Supervielle l’Européen », in *Sujet, monde et langage dans la poésie moderne. De Baudelaire à Ponge*, Classiques Garnier, 2018, p.167.

2 Michel Collot, « Supervielle l’Européen », in *Sujet, monde et langage dans la poésie moderne. De Baudelaire à Ponge*, Classiques Garnier, 2018, p.167.

它们跟雨果笔下的奶牛没有任何一点相似之处。”[1]在诗集《码头》里《再回农场》一诗中，诗人写道：“我与不懂神话的潘帕斯草原融为一体，/ 与荒漠融为一体，它骄傲，因为它自上古起便已是荒漠，/ 却未听说过主宰着古老世界轮回的奥林匹斯诸神。/ 我一头扎进没有历史的平原，抻开那头露宿营外的母牛的硬皮，/ 所谓植被，只有几株盾柱木、刺桐和龙舌兰，/ 草木不知希腊语，也不识拉丁语，/ 却懂得如何用蛮荒之地的机巧 / 来抵御从极地吹来的吃人的风，/ 它们缩成一小团，浑身长着爬满茎刺的树枝和斧头般的叶子。”不识奥林匹斯诸神的美洲荒漠、不懂希腊语和拉丁语的美洲植物及它们的抵抗是一种隐喻，喻示着诗人作品中所有与欧洲传统格格不入因而无法被同化的“怪异之处”，也喻示着诗人从美洲汲取灵感，借以摆脱欧洲诗歌传统影响，实现诗歌创作的创新。

可能正因其深刻意识到异质元素的冲突所带来的创造力，苏佩维埃尔自觉充当起文化中介者，为法国文学与乌拉圭文学、拉美文学、西语文学的交流作出了贡献。除了用文学作品向欧洲读者介绍美洲，他还曾试图对美洲文学展开研究。1910 年，他向索邦大学提交了博士论文选题“西班牙语美洲诗歌中的大自然情感”，1910 年至 1912 年，论文片段曾在索邦大学西班牙语语言文学教授埃内斯特·马蒂南什

---

1 Jules Supervielle, *Boire à la source*, Gallimard, 1951, pp.57-58.

（Ernest Martinenche）创办的《美洲图书馆简报》（*Bulletin de la bibliothèque américaine*）上发表。遗憾的是，不久后，“一战”爆发，苏佩维埃尔应征入伍，不得不放弃博士论文的写作。但他向法国读者介绍美洲的意愿始终没有消失，得益于《欧洲》（*Europe*）等刊物，他获得了传播美洲文学和文化的阵地。1919 年，苏佩维埃尔结识《欧洲》的创办人吕克·迪尔坦（Luc Durtain）和勒内·阿尔科（René Arcos）。杂志的两位创办人一直希望它可以成为一份国际性刊物，苏佩维埃尔因与乌拉圭、阿根廷、巴西的先锋文学保持着联系，自然而然成为其理想的撰稿人。在迪尔坦和阿尔科的支持下，苏佩维埃尔在上面发表了多篇诗文，致力于介绍美洲文化。

此外，上文已提到，“朋友”是苏佩维埃尔创作生涯的关键词，除了法国朋友，苏佩维埃尔也有多位来自拉丁美洲和西班牙的朋友。1913 年，致力于法国与拉丁美洲文学和文化交流的马蒂南什教授创立巴黎大学西语研究中心，创建拉美文学图书馆，出版《美洲图书馆简报》，在身边聚集了一批南美知识分子与学习西语的巴黎大学生。苏佩维埃尔经常出入这个圈子，结识了一批西语作家，比如墨西哥作家阿方索·雷耶斯（Alfonso Reyes）。雷耶斯被认为是墨西哥文学史上文艺复兴大师式的人物。他与苏佩维埃尔的兴趣颇为相似，相比起向“新大陆”介绍巴黎与欧洲风情，他们更关注美洲大陆的自然风光与文学传统，这一点令他们有别于其他拉美作家，也将二人的关系迅速拉近。1927 年，苏佩维埃尔翻译了雷耶斯的诗作《新的爱情》，在《欧洲》上发表。此外，苏佩维埃尔还对当时在巴黎的阿尔弗雷多·甘戈特纳（Alfredo Gangotena）、贡萨洛·萨尔顿比德（Gonzalo Zaldumbide）和里卡多·吉拉尔德斯（Ricardo Güiraldes）等南美作家十分关注，向法国读者推介他们的作品，甚至被马克斯·雅各布（Max Jacob）称为甘戈特纳的“法国制造者”。

文化传播对于苏佩维埃尔来说是双向的。在将美洲文化带至欧洲人面前时，苏佩维埃尔也不忘将法国文学带至美洲，尤其是在被迫“流亡”乌拉圭期间，他曾在蒙得维的亚中美洲大学开展系列讲座，教授当代法国诗歌课程。其课程讲义之后以“诗学要素”（Éléments d'une poétique）为题发表在艾田蒲创办的杂志《价值》1946 年第 5 期上。

* * *

苏佩维埃尔是一位难以归类的作家。有些文学史研究——例如让 - 伊夫·塔迪埃（Jean-Yves Tadié）主编的两卷本《法国文学》（*La Littérature française*）——过快地将其列入超现实主义者名单，实际上，在同时代人眼中，“他通过给予重心理学的超现实主义以致命一击而庇护了我们，我们已经在超现实主义的氛围中挣扎了很多年”[1]，此外，苏佩维埃尔本

1 René Étiemble, *Supervielle*, Gallimard, 1960, p.87.

人也曾说过："我非常注重诗歌主线的透明性，这不会令超现实主义者感兴趣。"[1]

苏佩维埃尔难以归类，首先在于其作品类型的多样性，其一生的创作涵盖了诗歌、小说、故事、戏剧、游记等多种体裁。虽然苏佩维埃尔是"诗人王子"，但他的散文——诗歌、戏剧以外的所有作品——成就并不低于诗歌。《交际》的赞助人玛格丽特·卡埃塔尼最初对于是否要发表苏佩维埃尔的诗作有些犹豫，却被《潘帕斯人》吸引，主动向作家约稿，在她的推动下，拉尔博于1928年在杂志上刊发了苏佩维埃尔的《闭上眼睛的潘帕斯草原》。在与玛格丽特·卡埃塔尼的通信中，拉尔博提道："我看到苏佩维埃尔正成长为一位散文家，比写《万有引力》的诗人还要了不起。"[2]拉尔博还曾在《潘帕斯人》出版后为其撰写下热情洋溢的书评，发表在《拉丁美洲杂志》（*Revue de l'Amérique latine*）上，书评指出"这部小说代表着东方共和国（在我看来动静颇大地）走进法兰西文学的入口"[3]。他的评论将苏佩维埃尔的小说带入了大众视野，小说塑造的人物瓜纳米鲁成功地给法国读者留下了深

---

1 Jules Supervielle, « Éléments d'une poétique », *Valeurs*, n° 5, avril 1946, p.34.

2 Ève Rabaté, « Supervielle, Larbaud et la revue *Commerce* », https://www.fabula.org/colloques/document2505.php#ftn23.

3 Valery Larbaud, « *L'Homme de la Pampa* par Jules Supervielle », *Revue de l'Amérique latine*, n° 25, janvier 1924, p.41.

刻的印象，之后常常被等同于作家本人的化身，小说本身则成为法国文学史上的一部另类经典。

尽管如此，试图评判苏佩维埃尔的诗歌成就与散文成就孰高孰低无疑是不明智的。实际上，苏佩维埃尔的散文也充满诗意，以《远洋上的孩子》这个故事为例，作者在结尾写道："远洋上手肘撑着栏杆发梦的水手们啊，千万别在黑夜里长久地思念所爱的一副面容。你们可能会在荒无人烟的地方创生出一个存在，它有着人类的全部情感，它不能活、不能死、不能爱，却又仿佛活着、爱着、一直濒临着死亡，它是一个在水造就的孤寂之中被无限剥夺的存在，就像这个大西洋上的孩子一样。这个孩子是夏尔·利埃旺某天在脑海里创生出来的。利埃旺来自斯滕福德市镇，是四桅船*勇敢号*的船员，他失去了自己年仅十二岁的女儿。某次航行的一个晚上，在船驶至北纬五十五度、西经三十五度海域时，因这个孩子所遭受的大不幸，他凭借惊人的毅力久久地思念着她。"读到这个结尾，我们不能否认这是诗，只是采用了散文的形式。因此有评论家认为，在苏佩维埃尔的作品中，"散文与诗歌合而为一"，并指出"在一位作家身上，诗人的一面与散文家的一面能够取得完全的平衡，这是很罕见的，苏佩维埃尔是其中一个例子"。[1] 不过，试图在其诗歌中寻找散文的痕迹，

1 Franz Hellens, « Où prose et poésie ne font qu'un », *La Nouvelle Revue française*, n° 94, octobre 1960, pp.676-681.

或者反过来在其散文中寻找诗歌的韵律，这同样是不明智的，正如“散文与诗歌合而为一”这个说法所表明的那样，或许对于苏佩维埃尔来说，不同体裁只是诗的不同表现形式，这里的“诗”当然应该理解为诗意，而非仅仅指体裁。苏佩维埃尔的某个举动也许是最好的证明：诗人在创作时会不停地修改自己的作品，甚至进行体裁的转变，有时将诗歌改写为短篇故事，有时又将小说改编为故事或戏剧。《远洋上的孩子》起先是《万有引力》中的诗作《波涛上的村庄》。

反过来，难以归类也意味着可以属于多个群体，意味着同时具有多种特征，这些特征有时甚至可能互相矛盾。苏佩维埃尔作品的这种两级甚至多级性已被很多批评家分析过，例如，柯罗为《苏佩维埃尔诗全集》撰写的前言即以“位于两个世界之间的苏佩维埃尔”为题。在这篇前言中，柯罗指出“苏佩维埃尔被两个地理、语言、形而上学和文学的世界撕扯”[1]，进而归纳出其身上存在的五对矛盾，生与死、欧洲与美洲、平常与不同寻常、黑暗与光明、古典与现代，最终将其诗学总结为“含混的诗学”[2]。

从生与死、黑暗与光明的矛盾来说，苏佩维埃尔作品中

---

1 Michel Collot, « Préface », in Michel Collot éd., *Œuvres poétiques complètes*, Gallimard, coll. Bibliothèque de la Pléiade, 1996, p.X.

2 Michel Collot, « Préface », in Michel Collot éd., *Œuvres poétiques complètes*, Gallimard, coll. Bibliothèque de la Pléiade, 1996, p.XXX.

充满了死亡、死者、幽灵、梦的主题与意象，雅各泰说：“终其一生，苏佩维埃尔都在专心致志地书写各种祈祷词，书写《亡灵书》片段。”[1] 这一点或许与他父母的死亡有关。“苏佩维埃尔最初写诗，是为了将一个空洞填满”[2]，例如，他最重要的诗作之一《肖像》（收录于《万有引力》）便是一首献给母亲的诗，这首诗以“母亲，我十分不解人们是如何找寻亡人的，/ 我迷失在我的灵魂、它瘦削的脸庞、/ 荆棘和它的眼神里”开头，词句简单，却充满无限忧伤。里尔克读到这首诗后，主动给苏佩维埃尔去信，表明他从此以后“知道自己会喜爱”苏佩维埃尔“所写的一切”和“即将写出的一切”[3]。

但我们在他的诗作中也看到了同样多的“光明”与“晨曦”：“深海里的鱼 / 没有眼睛也没有眼皮，/ 为了满足自己的心，/ 它们造出了光明”（《外海之下》，收录于《万有引力》）；“被黑暗压抑的晨曦之声 / 却能够触摸到你的窗户 / 再让它开启”（《无论活着还是死去，噢，你都对我了如指掌……》，收录于《无辜的苦役犯》）。这些诗句表明了诗人对生活的热爱，对生命的礼赞，不仅赞颂人类的生命，不仅赞颂动物和植物的生命，也将生命赋予大自然甚至宇宙中的一切。例如，

1 Philippe Jaccottet, « Le cœur de Supervielle », *La Nouvelle Revue française*, n° 94, octobre 1960, p.635.

2 Jean-Michel Maulpoix, « Jules Superveille, le réconciliateur », https://www.maulpoix.net/supervielle.html.

3 Claude Roy, *Jules Supervielle*, P. Seghers, 1970, pp.28-29.

在《蒙得维的亚》（收录于《万有引力》）中："在面朝大西洋的乌拉圭，/ 空气如此随和、亲切，/ 引得海平线上的色彩 / 纷纷凑近来看那些房屋"；在《数学》（收录于《万有引力》）中："梯形画出坚实的护墙，/—个声音响起又静息，/ 那恼羞成怒的问题 / 扭身把自己的尾巴追咬"。这些诗句因诗人对世界保持的强烈好奇心、对宇宙万物的同等重视及诗人所采用的"陌生化"手法而显得妙趣横生，雅各泰因而说他"属于非常罕见的那一类诗人，他们有能力让孩童进入自己诗句的房间，而丝毫不显得愚蠢"[1]，福兰评价他的诗"是最慷慨的诗。对他来说，人类最小的动作都会在宇宙中留下细微痕迹。最不起眼的东西，他都会立即赋予其宏大的维度。在他充满友爱的视野中，身体与灵魂、空间与时间彼此融合"[2]。正是友爱与慷慨将一大批读者吸引至诗人的身边，令"所有诗人，甚至所有那些不是诗人的人都喜欢苏佩维埃尔"[3]，促使艾田蒲感谢苏佩维埃尔"包扎了兰波给我们造成的伤口"[4]。出于同样一种友爱与慷慨，"写作近六十年来，苏佩维埃尔始终感觉并自愿站在所有受侮辱、受折磨的人一边"[5]。"二战"

1 Philippe Jaccottet, « Notes », *L'Entretien des muses*, Gallimard, 1968, p.30.

2 Jean Follain, « Jules Supervielle », *Les Cahiers Max Jacob*, n° 5, 1960, p.63.

3 Jean Orizet, « Jules Supervielle, entre fable et mystère », *Revue des deux mondes*, juillet-août 1996, p.158.

4 René Étiemble, *Supervielle,* Gallimard, 1960, p.106.

5 René Étiemble, *Supervielle*, Gallimard, 1960, p.93.

期间，他曾写下多首诗支持、鼓舞各地被压迫人民的斗争，为“自由法国”的多份刊物撰稿，1940年在布宜诺斯艾利斯出版《苦难法国诗集》（*Poèmes de la France malheureuse*），与路易·阿拉贡（Louis Aragon）的《断肠集》（*Crève-Cœur*）遥相呼应。我们由此能够理解为什么吴岳添在撰写《法国现当代左翼文学》时会将苏佩维埃尔列入“抵抗运动文学”的作家行列。

在苏佩维埃尔身上，种种矛盾对立，包括欧洲与美洲的对立、古典与现代的对立、平常与不同寻常的对立……这些归根到底说的可能是一回事，是同一个问题的不同侧面。我们已在上文看到美洲之于苏佩维埃尔生活、思想和诗歌创作的重要性。然而，如果只强调苏佩维埃尔拉丁美洲的一面，就无法全面地了解这位诗人：诗人虽然出生于乌拉圭，接受的却是法国乃至欧洲的教育。从语言方面看，法语是他家族与创作的语言，西班牙语是他出生地的语言，他还懂英语、意大利语、葡萄牙语。从诗学方面看，中学时代开始，他先是被拉马丁、雨果、缪塞等浪漫主义诗人吸引，之后又受高蹈派、象征派诗人（尤其是马拉美、兰波、魏尔伦）的影响，在对前辈诗人的模仿中保持了与法国诗歌传统及其韵律的关系，柯罗说苏佩维埃尔写给妻子皮拉尔的情诗“非常符合法国趣味，甚至他的‘美洲印象’也主要受高蹈派的启发”[1]，

---

1 Michel Collot, « Préface », in Michel Collot éd., *Œuvres poétiques complètes*, Gallimard, coll. Bibliothèque de la Pléiade, 1996, p.XIV.

拉尔博在评价《潘帕斯人》时指出，诗人“毫无疑问来自伊齐多尔·迪卡斯[1]和拉福格出生的国家，他是那个国家的人，然而，他也是法国人”[2]。

我们当然还可以从苏佩维埃尔的作品中总结出其他矛盾对立。面对种种矛盾，柯罗认为，苏佩维埃尔有时似乎也试图逃离，“但更多时候，他寻求将其融合于某种不稳定的平衡中，正是这一点带给他的诗歌一种不可模仿的语调”[3]。“不稳定的平衡”，这一评价确实一针见血地指出了苏佩维埃尔作品的独特之处。

* * *

中文世界很早就关注到了苏佩维埃尔，最早的当属诗人翻译家戴望舒。1930年代，戴望舒在法国见过苏佩维埃尔本人。回国创办杂志《新诗》后，戴望舒接连翻译了苏佩维埃尔的不少作品，他自己的创作也受到苏佩维埃尔的影响，中国现代诗歌研究专家鲁阿夫人（Michelle Loi）指出，在戴望舒的《我用残损的手掌》中，可以看到苏佩维埃尔《苦难法国诗

---

1 即洛特雷阿蒙。

2 Valery Larbaud, « *L'Homme de la Pampa* par Jules Supervielle », *Revue de l'Amérique latine*, n° 25, janvier 1924, p.41.

3 Michel Collot, « Préface », in Michel Collot éd., *Œuvres poétiques complètes*, Gallimard, coll. Bibliothèque de la Pléiade, 1996, p.X.

集》的影子。1980 年代至 1990 年代，徐知免、郑克鲁、罗洛、葛雷和胡小跃也先后翻译过苏佩维埃尔的诗作。但总的来说，苏佩维埃尔的作品在中国译介得并不多。此次拜德雅图书工作室与广西人民出版社旗下图书品牌大雅联合推出五卷本“苏佩维埃尔文集”，对于拓展我们对苏佩维埃尔这样一位重量级法国诗人、作家的认识来说意义重大。

编　按

尉光吉

本书收录苏佩维埃尔的两部诗集:《无辜的苦役犯》和《陌生的朋友们》。这两部诗集分别于 1930 年、1934 年由新法兰西杂志出版社出版。

* * *

《无辜的苦役犯》是苏佩维埃尔在此前出版的两部小诗集《奥洛龙 - 圣玛丽》(*Oloron-sainte-Marie*)和《抓住》(*Saisir*)的基础上删改、扩充而成的。《奥洛龙 - 圣玛丽》于 1927 年由《南方手册》(*Cahiers du Sud*) 杂志社出版，收录了诗人自 1925 年以来所写的二十六首诗，其开篇的诗作正是诗人于 1926 年 11 月与亨利·米肖一起在奥洛龙 - 圣玛丽朝圣期间完成。《抓住》构思于 1927 年 7 月，1928 年末收入让·波朗在新法兰西杂志出版社主编的“一部作品，一幅肖像”(Une œuvre, un portrait) 丛书中出版。1930 年，苏佩维埃尔对旧作进行调整，并创作了新篇，使它们围绕“无辜的苦役犯”这一主题形成一部完整的诗集。该诗集的标题取自象征派诗人魏尔伦的《痴人说梦》（Ægri somnia）一诗："若我前行，我便想象 / 我拖着脚镣上的铁球，无辜的 / 苦役犯，但你不以为意！"根据诗人 1951 年 11 月为一次广播座谈准备的打字文稿中的自述，这部诗集是"人类的孤独之书，是人在生命、爱情和死亡面前的伟大隔离之书"，同时，它也是"自我苦恼之书，身份断裂之书"。因此，这部诗集标志着诗人在创作上由外到内的一种转向："如果《万有引力》是没有边界的诗歌之所在，是被横跨的星际空间的位置，那么《无辜的苦役犯》就是内在围墙之书。"此外，诗集也表明了诗人在技艺上的成熟，正如艾田蒲所指出的："这一次，苏佩维埃尔找到了他的公式。"

对于这部作品，加布里埃尔·布努尔（Gabriel Bounoure）曾这样评论道："这里的语调更严肃、更低沉、更接近沉默；我们感受到了对庄严事件的期待所产生的紧张；诗人低语，以示对神秘的尊重，并在现象背面点燃一种意义，那种意义会把现象还给一个更真实的世界。未经反叛，而是以静止不动和无限警觉为代价，无辜的苦役犯走出了他的监狱，狱墙已变得稀薄、透明、缥缈。我尤其喜欢这为无辜所囚禁的形象，但他会用无辜策划他的逃狱。读懂这首诗吧：它是阿尼玛的囚徒阿尼姆斯的监狱；正是展翅的精神被困于灵魂的圈套，灵魂空无梦想却充满沉重的责任……于勒·苏佩维埃尔的苦役犯不是超现实主义的苦役犯，不是身上劳改场一直紧闭的不肯让步的苦役犯，而是温柔的世间事物的监狱里无罪的苦役犯，凭借对其囚室之石的喜爱，他最终用他的爱得以逃脱，因为这十分纯洁的爱向石头传达了孔隙……他拥有超现实主义同谋的野心；但没有病态的狂怒，没有咒骂，而是以悲伤的幽默、温柔的固执，利用绝望的一丝裂隙，从深渊上挥出忧郁且离奇的常春藤之臂。凭其本能及其至为隐秘的意欲，苏佩维埃尔一直坚信，现代诗人，根据兰波在1871年5月的信中所发表的不可更改的言论，必须把自己变成一个怪怖的灵魂。但他并未通过反叛和渎神让自己加入儿童贩子们培育的那些丑恶；在同孩子和牧人，同马儿、鸟儿和犰狳的亲密交往中，他逐渐离开了理性的国度。他通过幻想、柔情和爱进入‘怪怖’。孤独，从容不迫，他轻吹口哨，一点点地迈入宇宙仙境和神力之域。他得到了其警觉、其温顺的回报。”

* * *

《陌生的朋友们》中收录的绝大多数诗作已于1931至1933年在《新法兰西杂志》、《南方手册》和《欧洲》上发表，1934年经删改和增补后结集出版。该诗集一方面在主题上可被视为《无辜的苦役犯》的延续，即被困入“自我之狱”的诗人开始寻求与外部世界的交流，另一方面其呈现的叙述趣味又与诗人同一时期创作的故事形成了呼应。

诗集标题也是集子中第一首诗的题目，该诗曾发表于1932年10月的《新法兰西杂志》。“陌生的朋友们”这一表述在19世纪末多被用于形容作家面对的读者群体。高蹈派诗人苏利·普吕多姆（Sully Prudhomme）就有一首诗名为“致陌生的朋友们”（Aux amis inconnus）：“这些诗，我献给陌生的朋友们，/ 献给你们，我觉得亲近的外人……”另外，在里尔克的法语长诗《果园》里，也出现了“朋友们”（amis）、“陌生人”（inconnus）、“路人”（passants）这些相似的用语（苏佩维埃尔在1926年收到了里尔克寄赠给他的这部诗集）。在1951年广播座谈的打字文稿中，诗人称《陌生的朋友们》为“一部友好的宇宙理解之书”：“诗人的友爱光芒四射，照进最卑微的对象，这并不妨碍他继续频繁地接触遥远的距离和星辰。”1934年7月，《新法兰西杂志》关于该书的出版通告如是写道：“久而久之，可有什么不趋于友善？当一切摇摇欲坠之时，诗歌岂不有责任重现我们无法脱离的那一小块坚实的土地，或至少给外部世界留出恢复镇定的时间？不管怎样，这本书记录了诗人和外部之间的几趟旅程，或者，如果你愿意的话，它提供了一些秘密的通道，从外在的冷漠走向友谊和爱情。”

对于这部作品，罗兰·德·勒内维尔（Rolland de Renéville）曾这样评论道：“诗人倾向于领会，而不是觉察，参与感的二律背反在他身上构建的使之着迷的戏剧元素，以及他无法逃脱的个体生存的法则。他像被肢解者一样活着，呼号着他的苦难。他的言语徒然地创造万物与星辰的影子，它们轻率地将一种生存引入其生存的回撤，还有那些忽视他的陌生的朋友们，他只抓住一些幻影，而他自认掌控着宇宙。诗人极其孤独。其苦难的言说是一种变形的方式……诗歌的主题，有时过于明显，从几道影子的排布中获得了一个更加宏伟或更加骇人的前景。不过，我们不能对这精神的迷雾无动于衷，因为苏佩维埃尔正是用它取代了他所躲避的面纱……苏佩维埃尔的诗歌在其所处的层面上堪称完美，它让心灵运动的单纯表达所不知的重重忧虑里释放出来的诗歌传统在我们的时代永存。”

无辜的苦役犯

苦役犯

献给让·波朗[1]

1 让·波朗（Jean Paulhan，1884—1968），法国作家、文学批评家、编辑。1927 年，苏佩维埃尔与波朗相识，他的一组题为“抓住”的诗作在波朗主编的《新法兰西杂志》上发表，二人的友谊由此开始。

苦役犯

只有穿过我的夜晚，
我才能再见到白天，
这是另一国度里
一个喑哑的声音。
一个驼背小人
正沿路而行，
不知他赤裸的双足
要迈向何处。
别向他发问，
他不懂你的语言，
他也离得太远，
再听不到他的脚步。

有时，我昏昏欲睡，
一支麦穗的尖
背弃我的童年，
来这里把我找寻。

庄重而尖锐的麦穗，
你对我有何求？
我只是个囚徒，
对田野一无所知，
我的手不再是我的，
我的额头也不再是我的，
那只我一迟到就知晓的狗
也不再是我的。

铁栅栏后的天空，
狱中的星辰
折断了它的光芒，
无法把我触碰，
借着一根稻草、
一块闪光的木头
和一丝女人的眼睫，
让我们一同靠近从前。
但这些细小的欢愉，
你们一同离去，
够不着我的心，
我被监视的手。

你们这些双眼依然自由的人，
你们这些被白天从黑夜里解救出来的人，
你们只需要听我的问题并回答我，
告诉我这世上的消息。
这些树木还有着
对叶片、对细枝的渴望吗？
还需要将这般沉默给予树根吗？
告诉我关于河流的消息，
那些我认识的美丽河流，
它们还在用那独一无二的方式
沿山谷而下
留住旅途中的画面
而不愿停留吗？
告诉我关于海鸥的消息，
特别是那只我曾要猎杀的海鸥。
它的样子多么奇特，
当扳机扣响，它用多么奇特的姿势
又一跃而起！
告诉我关于台灯
和载着它们的桌子的消息，
还有与你们有关的消息，
你们这些还拥有手和脸的人。

人们是否还有
对你们熟视无睹的闪光的眼睛、
愤怒的眉头
和险境中的心?
而你们在那里一言不发。
你们以为我目盲耳聋吗?

而这是围墙，消耗着欲望，
抓不住的没有记忆的围墙，
它望向别处，光滑，无思，
这是没有面孔的额头，它在岁月的刻度之外。
我们是自己的手臂和悲伤膝盖的囚徒，
我们的目光被斩断，我们仿佛是面前
自壶中倒出、在沙地流淌的水，
顷刻间只剩沙砾。
我们早已不能看见，也无法思考，
只因灵魂的重量于我们已然如此陌生，
我们的心总被一杆卡宾枪瞄准，
没了它，心便无法再在胸腔驻留。
心需要这越来越精确的黑色孔洞，
这是专注的赤足仆人的眼。
满是殷勤与深邃，没有眼帘的眼，

无论黑暗还是强光，它都舒适自如。
我们熟睡，它懂得四处把我们观察，
赶在我们之前，采摘我们的梦。
我们已不能在这青铜武器到来之前
把目光从土地上抬起，
不经它的允许，我们的血液
丝毫不得动弹，
它是只四处嗅闻的鼻子，追逐我们的踪迹，
它是只巨口，吸取刚露头的希望，
我们最好的拥有，此时都离我们而去，
美丽时光里的力量与自由。

石头，手中的石头，
在你一贯的茁壮中，
在你的黑暗外表下，
蕴含无数光明，
动一动吧，我看着你，
即使我纹丝不动
已经如此长久，
向我展示你的所能，
展示你能把我看见，
这土地上小小的假骨头，

你对我隐藏了你的本领，
你什么都回忆不起，
若你在自己的深处仔细搜寻，
你便会在黑暗中深深啜泣。

路上的石头，为什么
它们变成了
流浪的雄鹿、牝鹿和狼的眼睛？
而这匹径直离去的马的眼睛
会是这河流中的两颗石子吗？
转身到这里来，我奔跑的动物们，
救救我，我需要你们中的每一个，
四下狂奔的成群的牛犊和马儿，
安慰一个疯子，再多也不嫌多，
我甚至需要那些藏起来的动物
和丢失的袋子深处的一粒玉米。

石头，我捉摸不透的伙伴，
请对我仁慈，对我温顺，
做我的朋友
没那么困难。
当我感到你在倾听，

是你给了我一切。
你的心不在焉，你的分量，
你在我的掌中填满舒适
和沉默的温柔。
你在白天炽热，
在夜晚冷静泰然，
我的心围绕着你游荡，
你那颗停止跳动的心
让我的一切欣喜若狂。

心

给皮拉尔[1]

它不知我的名字，
这颗寄居于我的心，
它对我一无所知，
只识得那些荒郊野岭。
鲜血造就的大高原，
让人却步的浑厚，
我怎样才能征服你们
又不终结你们的生命？
我夜的江川，
我如何逆流而上
回归你们的源头？
无鱼的江川
却炎热又清凉。
我绕着你们转，

1 皮拉尔·萨维德拉（Pilar Saavedra，1885—1976），苏佩维埃尔的妻子。二人于1907年结婚。

却无法靠近，
远方海滩的喧哗，
噢，我领地的水流，
你们把我赶往远海，
然而我就是你们；
我也同样是你们，
我暴戾的河岸，
我生命的泡沫。

女人的美丽脸庞，
空间环绕的身体，
你怎样做到
在此处随意行走？
登上这座
禁止我进入，
每一天都对我
更加喑哑、异常的岛屿，
你双脚踏地
如同穿过自家的门，
伸出手，
明白是时候
拿起一本书

或关上十字窗了。
你离去，你走来，
你不疾不徐，
仿佛你追随的
只是孩子的眼。

在肉身的穹顶下，
我的心自以为孤单，
囚徒般挣扎，
为了逃出牢笼。
倘若有一天我能够
不用言语就让它知晓，
我围绕着它的生命
便造出整整一个圆环！
透过睁开的双眼，
我让世界的表面
和所有超越之物
降落在它身上，
那些海浪和天空，
那些头脑和眼睛！
至少我懂得
用一支纤细蜡烛的

微弱火光照亮它，
在阴影中向它展示
那活在它身上
毫不诧异的她。

太 阳

太阳，有个小小的人在那里，在你的道路上，
你远远地把他的所需放在他眼前。
你永远都不会对他的所思略知一二吗?
啊，你亦如此虚弱，毫无防御之力，
你仅有的是作为航迹和终点的夜晚。
或许上帝与我们共同分担饥饿，
而这土地上一切的生者与亡灵
就仅是其巨大苦难的碎片，
上帝一直被呼唤。上帝一直在呼唤，
仿佛我们自身血液中的嘈杂之音。

太阳，我很高兴始终得不到回应，
你照射在这荆棘上的光芒便足矣。
我在四周找寻可以赠与你的东西。
如果，有一天我至少能让你珍视
一个冬天的早上你的默契在场，
抑或这片你是唯一一朵雏菊的天空，

然而，我的心在骨骼中一筹莫展，它悄无声息，
永远迫不及待想靠近你，
也永远离你的光芒近在阴暗的咫尺，
你的光芒也无法满足我的心。

山岳与岩石，纪念谵妄的碑，
无人看见我们，坦荡地听吧，
我的心在喉咙和日子的深处嘟哝。
理解我被幻梦冻结的双眼吧。

让我们合为一体置于静谧的天空下，
让我成为砾石或岩块，
为了安抚你，不朽的心，你责怪我
作为人类，作为隐形乌鸦的弄臣。

这颗被冰雪环绕的伟大的心的孤独，
我如何能给予你这份
你所欠缺的热度，而这怨恨使我们为难，
　　让我们恐惧？

走吧，我们都不知该拿对方怎么办才好，
我们至多只能交换我们的冰，
然后略作停留，看着它们
在让我们额头操劳的阴暗热度下融化。

噢，衰弱的山峦，
哪些运动震荡你们，
又有哪些让你们停歇?
当你们看似准备好
要把自己丢在远方，
懦弱的、懦弱的步伐
拒绝你们的命运。
噢，艳阳下的忧伤，
连青草都开始凝滞，
万物皆想得到自己那一份，
看吧，连那蜥蜴亦复如是。

凌晨四点

你对海的另一边
箱子中永不见天光
且无人触碰的
那些版画有何期待?

如果角落无人，为何看向那里?
你对面前凝滞的空间
和扶手椅上
偷偷前进
如同致命疾病的阴影
有何期待?

啊，听那些游魂的声音，无身
亦无脸的游魂，
借你的眼，借你的手，写下
这些颤抖着遇见白日的诗句。

旅馆房间

给邦雅曼·克雷米厄[1]

有个人把在街上弄脏的衣服挂上衣钩，
另一个人看着他的长斗篷，翻转，嗅闻。
另一个人像为小提琴正弦般为夜晚整顿床铺。
他滑动自己的伶仃细腿。
一百多张脸让穿衣镜颤抖，其中甚至有一个黑人。
还有一个打着呵欠的阿拉伯人。
早晨的女清洁工想清除痕迹，却注定徒劳一场。
让我告诉你们，它们都是幽灵，
而整个被这些命运劫持的房间
在这位执着地只想做自己的
新旅客面前犹疑不决，
他靠着挂钟，钟盘佯装沉睡。
我身下的床变得多么凝重且神秘，
我的床单纹丝不动，想要把我也固定不移！

---

1 邦雅曼·克雷米厄（Benjamin Crémieux，1888—1944），法国文学批评家、翻译家。他曾为苏佩维埃尔的小说《潘帕斯人》和《偷孩子的人》写过书评。

但我还需要道路，我有对村庄的强烈渴望，
渴望踏遍大陆感受年岁增长。
我的蓝眼睛要以它一切黑夜的饥饿把我吞噬。
它们唤醒我，推搡我，向我恳求新的景象，
我要在我的深处为它们准备一场献祭，
在最袒露的黑夜中也要为它们想象乐事。
然而我只是一个认不清自己头脑的凡人，
我的心窃窃私语，想从头开始，
又一次解释自己
在这张非洲的床上
寻找别的倚靠。

凯鲁万，1927 年

抓　住

抓　住

抓住，抓住夜晚、苹果和雕像，
抓住阴影、墙壁和街道的尽头。

抓住那卧躺的女人的脚和脖子，
再张开手。多少被放飞的鸟儿，

多少迷路的鸟儿，变成了街道、
阴影、墙壁、夜晚、苹果和雕像。

手，你们终将在
这严峻的游戏中耗尽自己。
有一天，必将你们斩断，
将你们齐齐斩断。

*

这段人们穿过烟雾与尖叫时藏在臂弯里的记忆，

仿佛逃脱火灾的年轻女人，
必须让她平躺在回忆的白床上，放下窗帘，
再细细观看。
无人可再进入的房间！
这里，此时有一具完全赤裸的庞大身体，
一张人们以为早已喑哑的嘴，
用它的真理之唇叹息着：“爱情。”

*

这脸庞上的大眼，
谁把你们放在此处？
你们是哪一艘
没有桅杆的大船的船员？

自哪一次相撞起，
你们就这般
彻夜睁眼等待？

舷墙的黑火
惊异却臣服于
风暴的律法。

海市蜃楼的囚徒们，
午夜钟声敲响时分，
睫毛微垂，
重拾勇气。

*

你朝着他走去，广阔平原的女人，
欲望的幽暗绳结，阳光下的距离。

当他的脸向你缓缓靠近，
你的唇突然被冰霜覆盖。

你说着，你说着，苍白而空洞的词句
径直向他而来，雕像的千万个词句。

你把这男人变成了一座石头房子，
一个永不透光的平滑外立面。

难道就不能在这些墙上开一扇窗、
一道门，让他去外面走上六步？

*

抓住，当一切都离我而去，
用哪些手
抓住思想，
用哪些手
终于抓住白日
颈脖的皮肤，
让其在手中扭动，
像只活泼的野兔？
来吧，睡意，来帮我，
帮我抓住
那些我抓不住的，
手掌更为宽大的睡意。

*

一张有我耳朵的脸庞，
一张镜中的脸庞，
在黑暗中贴近。
“美丽的脸庞，留下，守夜，
留下，别惊慌。

在这里向你靠近的
是一个男人和他的睡意，
让他们双双走进
千万里广阔的树林，
那里叶片低垂，
仿佛合拢的眼帘，
那里的鸟儿
躲在收紧的翅膀下歌唱，
又在晨曦中醒来，
歌声骤停，四处张望。”
“睡吧，我会听着、看着
地球是否依然在这里，
树是否依然是树，
道路是否依然乖顺，
而你昨日发现的
崭新星辰
是否依然在光润的苍穹中闪耀，
是否依然向我们的天空靠近。
睡吧，而那些房子，
在它们的力量和楼层中，
倦于让岁月经过，
消失了片刻。”

“我在这浓浓睡意中听到的
正是你吗，
把我与你阻隔的
白色山脉?
我是否依然在这古老的地球上，
那距离好似
我们手上的纹路，
无人知道谁把它们聚集？”
“在每一株草、每一根茎之上，
在最游移不定的鱼群之上，
我守着夜，为你保存着，
我把它们留到明天。
你也会找到
世界为你展露的
那些昆虫、那些眼睛的
颜色和那些时间的声音。
睡意前来笼罩你。
你的床铺记得
它曾是摇篮。
你的手张开，让力量
与软弱一同溜走，
你的心灵与头脑

终于拉上帘幕，
你的血液平静，
为了安睡。”

在这孤独中，我与你遥不可及，
为了触碰到你，
我让死亡暂时向生命靠近，
然后抓住你的手，亲爱的小骸骨。

我曾经的卧室里有只长蜥蜴在做梦，
被天空忽视的阳光正吻着它，
鸟儿越过高高的屋顶，没有看见它，
我以为我被自己的秘密蒙蔽。

被偶然塑造的新面孔
在微笑，人们却感受不到一丝笑意。
空气自然而沉默，
一切似乎活在固执注视的深处。

就像女人袒露肩膀一般，
一个男人自墙壁深处走出来，
身体比灵魂更靠近，对我说：
“你是如何径直来到这里的?

你的脸庞裸露，仿佛一只战栗的手。
你徒劳地遮挡你的眼睛和膝盖。
人人都看见你进来，但谁都不像你，
离开吧，就今天，就这里，改变方向，

然后这墙壁之中永远没有谁会再想到你。”

病　人

在因遥远而阴森的床上，
我终于以梦之手触碰你！

热病闯进你的家，翻乱你的纸张，
它打开抽屉，因你的秘密红了脸，
你感受到那脚步，无止境的急促，
在你如狭长地道般不见天光的身体里。

在黑夜的风里，你划桨的手臂
　　垂下寻找海洋。

它掠过地板，而海浪脱逃，
它寻找泡沫，满以为可将其抚摸。

在你的床沿，靠着轻盈的栏杆，
爱情的鸟儿纷纷逝去，却未曾食言。

人们带走它们，沉默地
走向旋转的楼梯。

我在周遭寻找比淹没一个处在井底的人所需要的
还要多的阴影和柔情。
还需要一些黑暗、星辰、清新，
倾倒吧，手，还有你们，眼睫，倾倒你们剩余的夜。

　　在这含混、嘈杂，
　　同时又环绕着
　　生与死的喧嚣里，
　　有你一席之地。

　　有你一席之地，
靠近些，温柔的、双唇惊异的朋友，
　　唇，愉悦的守护者，
　　而愉悦，离我们很远，打着转。

让我们单独待片刻，
在这盲视的世界里。
亿万眼帘围绕我们
紧紧合拢。

我遨游于我情人的庇护所海浪之下。
海藻有月亮的香气和味道。
幸福日子的鱼儿，你们是否见过他
轮廓闪耀、造出美丽泡沫的身体？

沉睡的海鸥，人们刚把你们惊醒，
向高处飞，保持警惕，狂乱的羽毛与心灵，
救命，水流汹涌，波光幽深，
快来引导这失去呼吸的潜水者！

把你的手交给我的手，
听这私语喃喃：
我们迟到的灵魂
自它们的边界而来。

而如今它们触碰。
阴影和光亮
满以为自己寂然不动，
却颤抖着变换。

*

在你无边的沉默里，
你似乎想说，
一首无法挽回的歌
离开山峦
向远海而去。

一件件事情
会质疑它们的环环相扣。

是一颗去年的心？
是一颗明年的心
住在我们的胸膛。
一切回忆已被记起：
这云，这山，这邮轮和航迹，
还有这无处不在的
曾把我们手与手相连的天空。

别转头向后看，后面有奇迹
正伺机而动，想要把你改变：
这温柔本可以越过整个地球，
却更愿意待在那里，仿佛一个戛然而止的梦。

就这样寂然不动，等待你的心
像一块沉重的石头离你而坠。

听：我所听到的，她所呼喊的，是我的名字。
我仅是寂静，我垂下眼睛。
这海拔与这尘土飞扬的峡谷之神祇，
你们看着我，你们认识我，
　　　　我是否失去了生命?

这仍是我吗，尽管，
在夜的绸缎里，
她的脸庞离去，
她的双脚逃脱，
在合拢的百叶窗边，
我的心失了理智，
这房屋深处
骚动剧烈，
她把我的东西
装进她暗色的行李？

这便是她所忽视的。

心与煎熬

颤抖着想知道属于她还是你，
这溜走不愿回答的心，
别问它，把它遗忘在阴影里，
佯装看不见它混沌的爱情。

色彩变换的眼睛注视下它忙忙碌碌，
它冒失地撞击，在它窗帘合拢、
白日如夜晚一般的肉身的房屋里，
它以为天与海是孪生子，

在它面前悄悄思考吧，它听得到纷纷欲望，
听得到秘密形成，爱情完善，
但小心，它对自己的悲剧一无所知，
甚至记不得人们称为死亡的事。

*

为了这片被漫长白日囚禁的鸟儿经过、

依然有着颜色和箭痕的生动天空，
为了这些被爱抚的阴影穿过、
被夜晚的战栗从下方寻找的手指，
为了这棵近在咫尺却已似
在灰烬中攒动的甜蜜回忆的树，
为了这个我们躺于其中的深邃地球，
为了这面倒置的天空下的哀怨明镜。

*

她打开窗户，抑或向前一步，
阳光下的房屋都知晓，都在低语，
而墙壁，我的兄弟们，它们的坚硬魂魄
都如我一般明白一个女人动了一动。

她熟睡时，面容变换的天空
留住她睡眠中的秘密动作。
成为男人或矿物，由纯净空气或煎熬构成，
就是等待一个迟迟不醒的人。

*

你给了我的天空一种深情的颜色，

又更换了我的树林与河流。
那边是一棵白桦，一棵橡树，抑或一棵白杨？
啊！关于地球上树木的事，我再也不会回答！

我什么也不想知道，当我看着你，
这正是你，女人的、惊讶的轮廓，
你真实的脸，你宝贵的眼，
你，正欲逃，却无比清晰。

*

靠近些，将眼睛垂落我爱人身上，
我在你手中寻找一张珍贵的脸庞，
为了活着，又带着持久的温柔
顺着即将消逝的日子再次离去。

这些脉络，悄无声息的蓝色溪流，
我想一直追到它们远方历险的尽头，
从纤细手腕直到灵巧手指的深处，
永远在自然的迷茫目光之下。

在漫游陌生的国度之后，

我要关上地球形状的门，
并把你的掌心囚禁在我手中，
我要重造世界和乌云，
还有那会落在海上的鸟儿。

*

当归程的声音喃喃轻语：这边，
这是你模糊的椅子，这是你的窗户，
这是知晓你所有秘密的床，
在遗忘的日子之后要把它们重新认识。
忘记旅途中那些美丽的手和眼，
聆听你智慧墙壁的道理，
在这边，我对你说，这边。
有人握住你的手在等你，
为了移走你心上这道长长的
无法相信旅途已结束的航迹。

飘　散

然而，她变成了什么？
你又在何处？
某日见过我们的天空
变成了什么？

我们在归途中
越过的
这个红孩子的脸颊
又变成什么？

而你美丽的手，
你的庇护者，
你把它藏在了
一段不属于我们的
回忆中吗？

这些日子属于我们，若我们把它们铺展，
去听它们的幻梦呢喃，
啊，我们几乎认不出它们了。
有人换走了它们所有的刺绣。

听，你学得会远远地倾听我吗，
俯下心，更甚于俯下耳朵？
你会在自身找到桥梁和道路吗，
一直通向我，观看、守夜的我？

有什么关系，那间隔你我的
大西洋、田野、森林、山脉的漫长？
有一天要让它们依次离开，
当你朝我的方向转过眼来。

门，门，你想要什么？
背后藏着的
是一个小小的死人吗？
不，她活着，她还活着，
看，她正笑着，
笑得让人安心。
两扇门之间的一张脸，
两条街之间的一张脸，
已完全可以让一个男人
逃离自己的未知。

她向前，她走远，
而如今又回返。
她触及我又得到我，
仿佛这乡野间
一条长长延伸的
清新道路。

我选了一棵白杨，
附带一条不远的河流，
我也选了这条河流，
然后把你放在河边。

而你，你，谁能告诉我
这个你是在对谁讲话？

我只知一半，
因为另一半变化多端。

奥洛龙-圣玛丽[1]

纪念莱纳·玛利亚·里尔克[2]

1　法国比利牛斯 - 大西洋省的一个市镇。1884 年，也就是诗人出生那一年，父母带着他回法国探亲，却在奥洛龙 - 圣玛丽双双突发疾病去世。

2　1925 年,也就是里尔克去世前一年,苏佩维埃尔与之相识。他把自己的新诗集《万有引力》送给里尔克，里尔克则将自己的法语诗集《果园》回赠他，并写诗《给苏佩维埃尔》题赠:“我们的丧失，难道不是在你们之上，/ 我们的梦才得以建立？ / 只是我们的梦吗？我该说些什么呢？ / 丧失，你们带着我们 // 所有最温柔的冲动！ / 你们是那些古老的酒窖，/ 在其间，我们葡萄园里的那些葡萄酒 / 无形中酝酿成熟。// 正是在你们的拱顶之上，我们搭设 / 所有那些摇晃的楼屋。/ 玫瑰是什么？简而言之，/ 一只迷失的水果的节日。”

奥洛龙－圣玛丽

如同我祖先的时代，比利牛斯山脉在门外倾听，
我感到被它们的崎岖部队监视。
水流湍急，眼帘低垂，
把人和影混为一谈，
流水掠过那些
无惧岁月漫长，
反而倚着年岁做梦的石头。

这是我父亲的城市，几乎处处与我有关。
我漫游于街道，随意登上任何一处台阶，
这些台阶于我犹如山间小径，
我不敲门就走入了那些田野穿过的房间，
那些镜子重塑森林、接济溪流，
我发现自己在其中被它们的水流冲走又流回。
我漫步在青石板房顶上，我走向塔楼的高处，
为了把那些被喧嚣钟声惊扰的死者聚集起来，
我是那人性的钟舌，

丝毫不显露
比利牛斯的天空中
夜晚的钟声。

噢，悄悄前行的死者们，
我们总把你们的步伐视作岿然不动，
我们迷失在你们的微笑里，仿佛墓志铭迷失在雨中，
姿势凝滞的死者们，被太多空间折磨的死者们，
噢，你们围绕着我们的位置徘徊，
那些随时会前额摔地的跛脚人是我们。

你们被血治愈，
让我们口渴的血。

你们被对海洋、
天空和森林的观看治愈。

你们与嘴唇、与其理智、与其吻的故事已结束，
与处处追随却并不安抚我们的手的故事已结束，
与生长的头发、自动折断的指甲的故事已结束，
而在坚硬额头的后面，我们的精神离场。

然而我们身上没什么
比这与你们相似的寒冷更真实，
我们只被一棵
白杨的颤抖分隔。

别转身背对我。你们猜得出
一个与你们同类的生者靠近你们的旧膝盖吗？

朋友们，别这样害怕，
当我们用你们漂浮衣物的一片下摆拉住你们！

你们就没有一丝渴望，
亲爱的死亡学徒们，让人们教导你们关于生命的事？

我们会再次告诉你们
阴影与阳光
如何在沉睡的一刻
让一棵桦树出现又消失。

我们会为你们重造
每一个有着用拱呼吸之桥的城市，
有风的乡野，

在其兄弟之间升起的太阳。

而你们确定，你们确定什么都不添加，
确定在这一方永远是同样的日子、同样的夏天吗?
啊，该如何宽慰我悲惨的骨头们，
苍白的、目盲的、石灰脸庞的一群，
它们竭力要求它们那蓝眸子向外看的
首领死去。

我听到它们，它们的喑哑声音填满了我。
这些骨头，钉在我的肉身中，
仿佛隐秘的刀
从未见过白天：

“别这样逃脱于我们的理解力之外。
你的沉默欺骗了我们。
我们与你合而为一，
也别忘记我们。

我们为一体，
仿若夫与妻。
当丈夫吹蜡烛，

为了长夜漫漫。”

“小骨头，大骨头，软骨头，
这世上还有更残忍的牢笼。
耐心些，我封闭
肉身风暴中的剧烈闪电。

胸膛，没有私心，
任空气从十字窗涌入。
你是否会明白那阳光
从天空深处直至你身上?

听我说，阴郁的肱骨，
肉身的黑暗十分柔和。
别再去想
用死者骨头做的笛子。

而你，骨制的玫瑰念珠，脊柱，
没有手会来拨弄你，
推迟我们的敌对时刻，
为生命的溪流祈祷吧，
它正朝我们的瞳孔赶来。”

临终呓语

你别惊讶，
垂下眼帘，
直到它们成为
真正的石头。

让心随着它去吧，
哪怕它戛然而止。
它独自为自己而跳，
在它秘密的缓坡。

双手会伸长，
在它们的冰舟上，
而额头会裸露，
仿若一个大广场，
在两军之间，空空荡荡。

无论活着还是死去，噢，你都对我了如指掌，
让我以人的方式靠近你，

房内漆黑，一只枕头战栗，
仿若一艘帆船感到远海来临，
我不知我是海员，还是
一只留在海岸的赤裸的手的永别。

啊，有一天我要停下你失控的肉身，
你逃避我的欲望和你的欲望，
逃向我双手的海域，被深渊护送的双手，
当我的双脚寻找倚靠，却仅有一丝微弱的声音。

被黑暗压抑的晨曦之声
却能够触摸到你的窗户，
　　再让它开启。

请愿书

噢，死者们，你们还未学习如何死去吗，
当只需要一劳永逸地闭上双眼，
直至这眼皮的刺痒连同妒忌
一起消失？
让爱情重拾关于遐想的课程，
让我们的生命重获牧场的葱郁。

别为了导致我们暂时的衰竭，
把你们的手指这般放在生者的心上，
再一直品头论足，
用你无词的言语。

别在夜晚靠近我们，
对我们倾倒疾病，

别把你们与我们的思想混淆，
如同混淆新鲜血液与受伤牲畜。

别阻止我们这只手，它不属于你们！
别这样看我们的关节与膝盖。

任果实在它的闲暇深处成熟，
别让突来的悔恨腐坏了它。

这奔腾的小马，这狗，这乌鸦，
轮到它们了，任它们躺下。

这是灵魂活泼的孩子们
在令人惊惶的楼梯上跑上跑下的时间。

就让人们看着生命欣然赴约，
自白日的第一只鸽子直至狼的黑夜。

就让路上的石子趁没人注视
在重新守卫前稍稍变换位置。
就让人们在最忠于大地的村庄里
聆听深海中珊瑚成形。

隔壁房间

转过身去背对这个男人，
但留在他身边。
（让你的目光远离
他含混的粗俗）
沉默地伫立在此，
你难道看不出
他难以分开白天与黑夜，
也难以分开最为深邃的天空
与振奋他的深不可测的心？
熄灭所有的火把。
瞧，他的血管在发光。
当他伸手向前，
一阵宝石的叹息，
来自周而复始的夜，
直至他纤长的手指。
留他独自在床上，
时间裹住他，为他守夜，

为了这些悬崖中
叹息的、永远隐藏的、
不眠的夜的心。
人们不再走进那个房间，
房中会走出一条
失去记忆的大狗，
像沿着海洋那般
贴地找寻
它丢在身后那个
在其僵直而确定的两手间
一动不动的男人。

你供认自己
未犯的罪行。
你摇晃你那
不屈之心的镣铐。
你寻找一个可以
实施判决的人，
而你最好的朋友
有正合适的眼神。

土地上的残忍，
降临你自身的残忍，
原谅你生而为人
并目睹自己的变化吧，
原谅你疲倦
双眼中的睡意吧，
原谅这只手中
焦灼的词语吧，
原谅所有填满
你理智的疾病吧，
请你原谅这个

从窗口溜进来的日子，
请你原谅你的存在
所依赖的这份疑虑，
在这个二月
十日的下午。

没有上帝

我在星辰间前进，与两只盲犬同行，
它们时时靠近，为我寻找路径。
这里的一切都与地球大相径庭，
却有一股盐味沾到我唇间，
一个声音在脑中盘旋，
仿佛一只几近成人的笼中鸟。
此处黑暗即是晨曦，而我每天的心
徒劳地想要在这漫溢的天空下点燃。
夜的雾凇麻痹太空，
我前进着，感到千万次被发觉。
我向与我毗邻的所有陌生箭矢
借出我的肋骨、脊背、头脑和胸膛。
我走了，当踩上一方云雾弥漫的土地，
在那里我的眼睛看不到上帝的痕迹，
我只在身后留下轻微的眩晕，
艰难地在远方痊愈。

瘦削的长颈鹿，
噢，星星的舔舐者，
在草的动荡中，
牛寻找无限，

猎犬满以为
在奔跑中捕获到了无限，
只有树根知晓
它还藏匿在底部，

对我这个迷路的、
除了夜的流沙
再无倚靠的生者来说，
你们成了什么？

有时大气凝缩，
直至显现形象。
在灵魂的两面
会突发什么事？

关于大地的回忆，
你们还记得一棵树、

一朵海滩上的浪
和一个熟睡的孩子吗？

我想要抚慰
我哀怨的记忆，
我想对它诉说
一个耐心的故事。

朋友们游荡且围绕着我的手
感觉到我独自迷失在空间里，
它们寻找我，却找不到确切的位置，
又回到远方，向那逃离的地球奔去。
一棵无根的棕榈树的叶
在我耳边低吟一首无意义的歌。
迫近的天空折磨我，欺骗我，
抓走我身后那两只冰冷的小狗，
我听得到它们虚弱、僵硬的吠叫，
星星聚成一团，向我伸出星链。
我是否该谦卑地献出我的手腕？
一个佯装仍是夏天的嗓音
向我人类的疲惫描述一张公园的长椅。
天空一直在那里开凿它的道路，

而此时尖镐的敲砸声回响在我的胸膛。
噢，天空，低垂的天空，我用手触碰你，
再弓身撞入天空的矿藏。

眼 睛

亲爱的眼睛这般美丽，正寻找一张脸，
你们如此遥远，藏在别的年岁里，
浮现又消失不见，
啊！你们只被你们的眼睫
和眼帘的微微一颤给保护，
在雷电和天空的石头之下，
亲爱的眼睛把自己交付给悲伤的天气，
你们想向我要些什么？我怎样
才能在千万扇门后向你们示意
我已准备好给你们救助？
我只是众多世人之中
一个与他们相差无几的凡人，
既然生者与亡灵相似，
树木与牵扯它的影子相似，
而白日，一直被追逐的白日，
与窃贼般的夜晚相似。

为让·安热利[1]而作的悲歌

给亨利·普拉[2]

为遏抑它的诉苦，
夜晚看向远处，
天空继续赶路，
而让在瞄准他的
星辰下低头。

给他你的手，
他是最糟的盲人，
他垂下眼睛，
却再不能抬起。

他不知该怎样
才能一直走到白天，

---

1 让·安热利（Jean Angeli，1886—1915），法国作家，出生于多姆山省的市镇昂贝尔，曾用笔名让·罗拉涅（Jean L'Olagne）。他与亨利·普拉是好友，共同创作过作品。

2 亨利·普拉（Henri Pourrat，1887—1959），法国作家。1925 年，苏佩维埃尔与他相识。后来，苏佩维埃尔还将自己 1927 年出版的诗集《奥洛龙 - 圣玛丽》赠送给他，并题词："给亨利·普拉，纪念我们在昂贝尔附近的漫步，以及我们的友谊。"

谁能触碰到
昂贝尔教堂的钟塔。

死者们行动笨拙，
被星辰妨碍。
风为胆怯的姿态
恰到好处地缺席。
远方，从峰顶到峰顶，
零星的雪在等待
安热利把它们猜中。

轮到他活着
来看我们了，
轮到他走到窗前
拉开窗帘了。

轮到他追随
一个孩子的主意，
看一只野兔
倏地钻进林中。

让·罗拉涅，你是否

等得太久？

然而我为你战栗，

再无法战栗的你。

纪念奥迪隆-让·佩里埃[1]

我多想赠与他
一些山间的空气，
或者比利牛斯的激流从远方涌来时岩石的喧哗，
抑或这种人们称之为巴西的林中灌木丛的气味。
但他只留给我们
一个我们人类的
模糊眼睛看不清的地址。
他比那不再眨眼的星星还要遥远。
但或许没他想的那么远，
而在我肩膀后面，
他让我划去两个词，抑或启发我四个词，
而他躲在斗篷里微微一笑。
我们轻笑自己的软弱、自己活着的笨拙，
为了朝他走去，
而他四处而行，甚至穿墙而过，

1　奥迪隆-让·佩里埃（Odilon-Jean Périer，1901—1928），比利时法语诗人，文学杂志《绿色唱片》的创始人之一。苏佩维埃尔曾在该杂志上发表诗作。

用他唇间的轻松
为我翻过这一页，却让我相信
这是风犯的错。

卡纳瓦雷博物馆

无身的连衣裙，无腿的连衣裙，
不缺一颗纽扣的连衣裙，
这缺席的喉咙有着怎样的激动？
跳得多快，
这颗仅是回忆的心？

耳朵靠近上衣，
像死者的医生，
我还能听到
血液和它的轻快随从吗？

丝绸的胸膛鼓鼓囊囊，
这是灰色粉色的海滩，
然而衣袖多么平顺，
去寻找电熨斗，
去寻找柔软的肚腹和脾脏。

去找到，如果你办得到，
这没有情人的女子的头脑：
些许一七零七年的空气，
不比孩童的拳头大多少。

大地的间歇

睡眠龙卷风

给让-理夏尔·布洛克[1]

大道上的人此刻原路折回，
仿佛有人神秘地拍了他们的肩膀。
亚马逊河和尼罗河停止流动，拒绝把天空映照，
湖泊把面孔隐藏在淤泥深处，
湿润了眼泪中心的火和羞愧的青蛙。
瀑布悬置，
在流向深渊的中途丢失了记忆。
而大教堂怀疑，在其座座尖塔中犹疑，
把信仰推给一座塔，再推给另一座，夜以继日。
人前所未有地以长短不一的手指
和同色的眼睛悲伤。
云朵对我们厌倦，向远方寻找它的牧场，
声音一个接一个缄默，

1　让-理夏尔·布洛克（Jean-Richard Bloch，1884—1947），法国作家、诗人、记者。他是文学杂志《欧洲》的主要推动者之一。苏佩维埃尔则是最早在该杂志上发表作品的诗人之一。

那些迟到的守夜人在昏沉中离去。

我要说话！

但那些亡灵的哨兵向我做着闭嘴的手势。

若有人醒来，他会再次翻身

睡去。

还不是走向地表的良辰。

贴着皮肤的衬衫会变成冰层。

地球，从一端到另一端，催促自身的睡眠，

甚至不怀疑它是否还在正道。

天 火

I

给皮埃尔·盖冈[1]

“闪电把人与他的影子一劈为二。
你们这样跑去哪儿，亲爱的无人的影子？

浪游的动物们，鼻孔们，颈脖们，
你们是这冒烟的荆棘丛中的大火吗？

附近的河岸，你们战栗得多厉害！
你们要在这山间水流里孕育什么？

逃向炽热海洋的鱼儿们，
你们做了什么，你们对佛罗里达湾做了什么？

纹丝不动的海鸥继续让空气焦虑，

1 皮埃尔·盖冈（Pierre Guéguen，1889—1965），法国作家、诗人、艺术评论家。他曾分别在文学杂志《欧洲》和《文学新闻》上为苏佩维埃尔的诗集《万有引力》和《陌生的朋友们》写过评论。

它们的心是羽毛下的一座冰岛。
那一个接一个游泳前行的外乡人
活着被放置到恐怖的河岸。”

“可你是谁，这样说话，
用不属于此处的嗓音？
请你回答，噢，空无，一张脸庞在那里战栗？”

“日子到了，日子到了，
山峰把高处让给云朵，
而既然亡者顽固，
风就要更换星球！”

II

一个声音自云端跌落，
说着：“我片刻便到。”
可云朵向海飘去。
什么都没落下。

一艘沉默的货轮穿过空间，

把黑夜藏在底舱。
黎明时一只黑色手腕摔下，
却只有我觉察。

从世界这头到那一头，
高傲的雕像
和庞然的大理石奔马
在街上巡逻。

“手臂裹着围巾、心在灼烧的
模糊行人，你的身份证在哪里？
这世上还有幸存者吗？”

“影子对影子，朋友，我们是同伴，
你看得分明，我们戴着
死者们暗黑的戒指。”

断　裂

醒

我周身的白天凝固，
却把我推向遗忘。
若我走近镜子，
我从自身将一无所获。

昨日我仍说，“我的手”，
以及，“我的白天和我的黑夜”。
今天我只会说，
所有的词语都停留在远方，
被它们自身的疯狂摄取。

*

这坐在夜之河堤上的
是我吗？
甚至不是一个朋友。
是随便某个人。

我们看向别处，看向别处。
一直一直看向别处。

*

孤单一人，没有我，失去整张脸庞，
已够我组成少许的我，
我的我在远方，在哪段旅途里迷了路，
即使它会回归，又如何能知晓？

组成一群小小的我，
别再想那迟来的严厉主人。
可当那个我毫无争议地离开，
又怎能不在剩余的我中战栗，
我试图在单薄衣着中得到温暖，
但勉勉强强，衣着离我的骨骼已远。

*

蒙得维的亚的我，
别转身背对着我。

我们真已不再
把彼此当挚友?

波兰和奥地利的我,
你们是否仍旧荒芜,

平躺在一列
载着我的火车两侧?

而你们都准备前来
等机会轮到你们,

所有的我力图生存,
等着某天终被释放?

那些曾是和将是之我,
我任命为同伴。

你们是否听得到我
在你们秘密的深处?

该怎样对你们诉说，
该怎样才能把你们触碰，
当我无法接近你们？

在陌生的国度

这些脸庞自我的回忆中而来吗，
这些人触到的是陆地还是天空？
这男人像他认为的那样还活着吗，
如此的嗓音，唇间的烟雾缭绕？
椅，桌，硬木头，我在这多雪的、
语言陌生的国度所能触碰到的你们，
平底锅，还有这对着我的手呢喃的热气，
你们面前这与我相似的男人是谁？
他活过我的过去，他知我所思，
若我触碰你们，他亦触碰，填满我的沉寂，
而他突然起身，开门，走开，
丢下所有再无我一席之地的空。

*

伸出手，触摸这隐形的山峰，
这男人把你带进这关闭的房间，

些许天空在山峦之上游荡。
在它流动的岸边清凉你的双手，
俯下身看看，甚至连这木地板也是一片
温柔而悲伤的湖，你的形象在其中颤动。

星　辰

在河鼓二坚硬的雪松下，
我清楚看见你的眼帘开启，
瘦弱的手臂微微地战栗，
在沙锥戛然而止的歌声里。

我在彼处还是在此处？
我再认不清我的双眼
无情投向我的眼神，
在这所有人使其黯淡的
宇宙之镜前！

树，当我转过头寻找外部，
敞开之窗中的依然是你们，
是你们，端坐于冬季赤裸两肋的草地。
风徒劳地想要改变那些熟睡之物！

因为尽管喧阗，土地上万物依然安眠，
树用根，城镇用它的墙，
而人，在艳阳天，继续做一个梦游者，
他的心，即使猛烈冲击，也不再醒来。

等

在这大海想要占有的城墙上，
他看着日光从雉堞之上冒出，
他以为让光穿过这长长的洞眼，
就能把它们收入自己晦暗的脑。

城墙上他追逐光的脚步，
仿佛蜥蜴一般思考，
一只出现，向前冲，而另一只隐藏，
　　一百只保持纹丝不动，
　　已是石头。

会是在两千年后，抑或即临的明天，
当人们伸出手，就只为触碰？
风抚摸着高荆棘遍布的土地，
它丢下天空的碎片独自逃去。

而在我右边总有一座矗立的房子，
大门紧锁，一条战栗的走廊拖延，
我自黎明开始等待，而时间总是催促，
我听到脚步惊慌，无一物走出。

一个声音在里面呼唤我，我看到
一扇用黑铁棍关紧的窗。
我穿过街道，它的影子如此庞大，
夜间的守卫向我走近却看不见我。

然而大门突然自动半开，
只让无尽的绝望逃出。
这不停呼叫我、曾向我许诺一张脸
和一双手的声音戛然而止。

征　象

征象，我握着的手中
藏起又留住的星辰。
你为哪一次远航
引导哪一艘船？
有一天我是否看得见它的船员
摸得着它的绳缆？
快给我这些舷窗，
让我能够稍稍伸进脑袋探望，
快给我舵柄、麻绳缆和水手，
一切在风暴中航行的所需！
盲视的星星，炽热又温凉，
你眨一眨眼，抑或通过某个
从桅杆降落到云间的小水手，
告诉我你理解我，
星星，有一天，
在最浓重的睡意中，在吞噬
太阳的夜里，我做了小偷。

恐 惧

它

不能说它，
喃喃私语也不行，
不能写它，
不能沉湎于它，
即使陷入狂热，
不能看它，
除非透过蒙住的眼，
特别是，别靠近它，
除非用铁手套。

*

这时刻，白日
因夜晚而绝望，
要让脑袋躲在
它的黑围裙下，
你们要我做什么，

在场者们，轻声说，
人们会听到我们，
再把我卖给死亡，
把我的脸藏
在枝叶后面，
让人们把我与世上的
影子混为一体。

*

这只你们所见的跳动于大道两头的猫，
小心，小心，别让它住进你们的胸膛，
别让它真的就变成了那只血红的动物，
你们体内被称为蜷缩之心的东西，赋予你们生命与痛苦。
向左跑，快一点儿，再向右跑，忘记它。
但重要的是——哭吧，哭吧——因为它同样把你们忘记。

*

十四个声音同一时刻
乘着风，逆着风，
都懂得，都活着，

十四个声音散去找寻，
一个声音烧毁它的居所，
怨恨它的唯一住户。
声音正怎样舔舐它的窗户，
吐出一条长舌，
直到走廊最深处？
十四个声音同一时刻，
你们要拿这男人怎么办？
去别处，烧毁别处，
世界很大，你们找得到
疯狂的声音把你们雇佣！
别打扰这男人的身体，
你们永远够不到
他自身的远方。

*

天空俯身于地球，不再能把它认出，
仿佛一位母亲，夜里被调换了孩子。
道路冲你劈头盖脸地喊：“不！”仿佛把你唾弃，
它径直走开，在地下与已非道路的道路重聚。

我如此孤单，认不出双手的确切模样，
我感受自己的心，像感受一种陌生的疼痛。
安静些！不能把耳朵交给这样纷杂的声音。
我们甚至不能秘密地思考，
因为我们思考得太高调，造出可怕的喧嚣。

寂静背后

寂静背后

给安德烈·加亚尔[1]

夜晚，他迟缓的眼帘
似一只垂死的鸟。
谁向他扔去一块重石，
夜又流淌过何处？

土地深处的根
感到危险蔓延。
肉身那善忘的灵魂
惊慌到达顶峰。

在环绕着我们的漆黑中，
月亮试图为自己筑巢，

1　安德烈·加亚尔（André Gaillard，1898—1929），法国诗人。苏佩维埃尔在马赛居住时与他相识。苏佩维埃尔十分欣赏加亚尔的创作，推崇其作品中对超现实主义过于隐蔽、晦涩的一面的摒弃。1930年，也就是加亚尔去世后一年，苏佩维埃尔在《新法兰西杂志》上向他致敬："加亚尔的诗集《内心深处》有出色的音调，以及以激情、狂热和反抗构成的节奏。"

然而这黑夜裹挟着它，
使它的倚靠一个接一个失去。

人们彼此对视，人们彼此无视，
人们以为抓住了一只手：
那是明日的纯白，
人们向晨曦俯下身去。

*

这些高塔抽取天空，
为塔钟的清澈嗓音
再把天空散播，
渐近，又渐远。

这声音是否会直达你，
噢，地下的死者，
而你的灵魂是否
也能双膝跪地?

你如此倦怠，
痛苦的美丽灰烬

在为你制造黑夜的
沉重的大理石板下。

*

肩膀硬实的墙壁环绕着我，
从翻土车里久久卸下黑夜。
我的手无法摆脱
在我的床上翻滚的阴影。

白日在港口升起，
带来身后的整个世界，
快给我晨曦的码头！
我依然活着，留在夜的胶着里。

镜　子

路程中途人们给她一面镜子，
她会在此看到生命从她手中流逝，
一颗星星闪耀，如同一颗不规律的心脏，
时而跳得过快，时而过于微弱。

当她最爱的鸟儿靠近，
她观看，却不会懂得，
她会被恐慌占据，想要看见自己的脸，
镜子将在蔓延的寂静中缄默不语。

在你自己的心里，
是否听得到脚步声，
但那更像一个
哭泣的女人的声音？
在毫无出路的肉身里，
这声音几乎静止，
为了不惊吓
它不幸的看守。

引我来到我隐秘河岸的脸庞，
我说不出你简单轻盈的名字，
在我的舌尖，它一直挛缩、一直消失。
纵然它死于恐惧，恐惧也会让它重生。

能说出这些的人是多么快乐：“这儿是草地”，
“看这马儿在河边喝水”，
抑或“保罗”“罗贝尔”，抑或“玛丽”“让娜”。
然而这是另一个名字，我体内令我
窒息的、我的手会更懂得如何去爱的名字。

风中的岛屿

我的心，这般痛苦地蜷缩在我们的孤独中，
相互束缚，被同样的血液滋养，
我的心与我的脑，我风中的木柴，
被粗糙绳索系在它们的屋顶，
屋顶仍然是我，连房屋亦是我，
甚至尚未长出的树枝依然是我，
却已猜出晨曦的利刃，
在无尽深渊的睡眠中瑟瑟发抖。

给阿尔瓦罗与赫瓦西奥·吉略特·穆尼奥斯[1]

一种藏于海底的悔恨
安睡在光滑的岩石上。
来自船队中哪个
手肘倚靠护栏、
在泡沫下闭眼的人？
来自哪个
坐在最终的吊床中
正端详双手的船长？
信风从其手中放出，
立即经敞开的舷窗
重又出发。
距离和鱼儿
跟海水混合，

1　阿尔瓦罗·吉略特·穆尼奥斯（Álvaro Guillot Muñoz，1897—1971）与赫瓦西奥·吉略特·穆尼奥斯（Gervasio Guillot Muñoz，1897—1956）是双胞胎兄弟，乌拉圭作家。二人均为苏佩维埃尔写过评论，还在他们共同创办的文化杂志《南十字座》上出过一期向苏佩维埃尔致敬的专辑。

编织的幻觉
被海底夜中
无情的闪电监视。
隐秘的欲望
想制成一个
没有目光拾取的早晨。
此处的眼睛
被残酷的力量蒙蔽。
空中一只鸟的飞翔
从不曾把它们划过。

美　洲

献给菲利克斯·贝尔托[1]

1　菲利克斯·贝尔托(Félix Bertaux，1881—1948)，法国作家，也是一位德语教师和翻译家。他的儿子与苏佩维埃尔的女儿在1935年结为夫妻。

变形记

美洲变成了
这只虚弱的石手，
从雕像上掉落。

我看着你，我的双手
紧紧握住你一瞬间，
再把你还给你自己。

那里是否还剩下
安第斯山和平原，
以及繁多的运动？

请把大西洋与太平洋的
美洲及风中
其庞大的身体归还给我。

绿　光

鸟儿，由它的绝望引领，
穿过砖墙的窟窿进入房间，
仿佛一处满载奇异的庇护所，
空气编织、爱惜纤细的残忍。

张着嘴，细小的心，羽毛挨着灯，
它要逃脱这夜晚的暴雨。

书籍、灯罩及其电光的舌头，
若你是大西洋的鸟儿，你该拿它们怎么办？
一颗尖锐的星星，一扇打碎的玻璃窗，
能给它有间隙的灵魂带来些什么？

另一个美洲

我寻找一个炽热且更多阴翳的美洲，
一片海洋在其泡沫中
更切近、更激烈地触及它可怕的身体。

它的鸟儿低吟，把你们吸引，
让你们远远散落在林中角落，
对你们倾诉秘密，又让你们沉默。

在那里，人们不敢注视一朵玫瑰太久，
一切都流变不定，甚至岩石亦如此，
对变形的眷恋如此强烈，

书籍在生者眼里自动关合，
变成灯笼间的马，
人们策马奔腾，为了更好地迷失，

再最终，双耳凉爽，
身体驰骋在被唤醒的晨曦深处。

我的传奇

苍 穹

在一朵云中，
在海的上空，
一张女人的脸庞
看向远方，
而频繁造访
海域的飞鱼
为云朵携来泡沫。

（我认得这个女人，
我曾见过她。）

空中的狗狂吠，
在无土壤的远方，
这些无肉身的牲畜
不认得这个
陌生的女人，
它们严苛的灵魂

献出声音。

（她的眼睛这般漆黑，
我在自身找寻这双眼。）

骤然寂静。
手中的脸庞
屏住呼吸
去往那些天球，
为了让这低吟的歌
恰如其分地
辟路飘升。

（此刻她的脸庞
埋在她的手中。）

小　鹿

给朱利安·拉诺埃[1]

若我触碰
这乔木盒，
一只小鹿将止步
于林深处观看。

美丽的小鹿，转过头去，
继续你隐秘的道路。
对我的生命和姿势，
你将永远一无所知。

一个人对你有何用，
一个透过盒子
里的贫瘠树林

1　朱利安·拉诺埃(Julien Lanoë，1904—1983)，法国企业家、文人。他曾创办文学杂志《心之线》，该杂志存活了三年，苏佩维埃尔在其最后一期上发表过诗作。他也为苏佩维埃尔写过评论。

惶恐地观看你的人？

你的安静和你的美目
是这世上的林中空地，
而你的细巧轻蹄
是这圆形地球的羞怯。

有一天，整个天空都将凝结，
像一片湖，在严寒中
奔跑着，从一个世界到另一个世界，
美丽的小鹿，我的，你们的。

一头中国灰牛
安卧于棚中，
伸展脊背，
同一时刻，
一头乌拉圭牛
翻过身看
是否有谁移动。
飞过此与彼，
跨过昼与夜，
鸟儿无声地
环游这星球，
却不曾把它触碰，
也从不曾停留。

交　换

黑眼睛，你跑向何方？
蓝眼睛，你在做何事？
青春太迅速，
把你们驱赶、催促，
而肉身匆忙，
唯恐迟到太久！
这些脸庞如此光滑，
恍若明镜，
这些眼睛的乐趣
阻碍着它们看向别处。
依然给予它们
山与湖、
法兰西与德意志、
栗子奶油蛋糕与白干酪，
只因在这些脸庞中，
灵魂的所有性情
盈满溢出、

动荡翻腾。

一棵橡树不懂得，
亦不能做一棵榆树，
一块石头未敢，
一片山岩犹豫，
一条河总不能
如其愿地汹涌，
而流星对它的梦
总是太过迟缓，
但它们曾在
一片唇的火光中、
一束目光的流动中相见过，
那时候它们的位置那般合适，
让它们长久泪流。
石头曾拥有橡子。
榆树得到过鱼儿，
岩崖曾焕发新芽，
河流获得过山岳，
而流星
曾停止飞驰，
为了能够

在一片湖的寂静中
观看最美的星辰，
却全然不知那正是自身。

你卧室墙纸的花朵

为阿妮塔[1]而作

“我们生于墙壁，
却并不坚硬，
我们的芬芳
比自然更轻灵，
气味似座花园，
无论在未来的国度，
还是在过去的国度，
我们的装饰皆在此。
我们不断重复自己，
从地板到天花板，
担心不被理解，
只因我们没有
新鲜与四季，没有
天空、蜜蜂和轻风。”

墙上有一只手，

1 阿妮塔(Anita)是苏佩维埃尔的堂妹。他们一同长大，如亲兄妹。

是醒来的孩童，
她害怕，开灯，
卧室的墙纸
始终如一，
守护她，陪伴她。
她的脚碰到床木，
素来严肃的床用其
多重的声音对她说：
“现在还没到
上学的时候。”
阿妮塔重又入眠，
在她花墙纸的
静谧芳香里，
美丽的缤纷色彩
不休不眠，
在夜晚摸索着
酝酿晨曦，
从未失误。

艰难旅途[1]

给克里斯蒂昂·塞内沙尔[2]

路上一辆马车，
车里一个孩童
在狂乱颠簸中
不肯低下脑袋。

激烈的路程
把马车赶向远方，
那里的大地不过是
动荡宇宙中一颗球。

别说话：正是在此处，
人们割断太阳的喉咙。

1 此诗灵感源自希腊神话中法厄同的故事：太阳神赫利俄斯之子法厄同要求驾驶父亲的太阳车一天，父亲拗不过固执的儿子，只得答应。但法厄同无法控制太阳车，导致人世间生灵涂炭。最后，宙斯用闪电将其击杀。

2 克里斯蒂昂·塞内沙尔（Christian Sénéchal，1886—1938），法国文学批评家。他为苏佩维埃尔写过评论。

十二个屠夫一字排开，
十二把同样的弯刀。

在此处，人们给月亮放血，
赋予它苍白，
人们行动在
雷鸣与恐怖的铁砧上。

“孩子，藏起你的脸庞，
因为你在冒巨大的险。”
“你没看到吗，陌生人，
我有多棒的马车？”

其他星球上的男孩，
请别忘记这个孩童，
人们已经很久
没有他的消息。

你的灵魂在哪株安眠着昆虫的
凤尾草底下寻找它最初的色彩?

光芒消失的时分,
世上仅有一次战栗,一次强颜欢笑。

叶丛间一只牝鹿
不时走出来观看,

再远去,被梦幻的
青草和荆棘覆盖,

又时刻准备重来。

太阳对雪花
低语，请它
如云朵般
安然消逝。

是哪一个陌生的声音
对我说话，发出邀请？
纵然在冬季的最深处。
会是这让地球围绕着
永恒同一的心转动的
热度吗？
而且，为了让我安心，
每一个季节，
它都伏在我耳边
喃喃低语着我的名字？

古老森林中，
人们砍倒一棵大树。
垂直的虚空
在横卧的树干旁
以它的形状战栗。

找吧，寻吧，鸟儿们，
寻觅你们的筑巢之地，
趁这高悬的记忆
依旧在呢喃。

移　民

我听到我心的脚步，
它步履匆匆，离我而去。
若我呼唤，它定回避，
要消失在远方。

不见夜晚，亦不见黎明，
它这样忙碌，去往何处？
它走得这般安静，
即使我们走到终点，
答案也将是未知。

无论到达还是停止，
它都仅余残力
吹灭它的光芒，
到那时我依旧一无所知，
除了任死亡经过，
死亡应是最先
和最后知道的。

睡　湖

夜深无人时，
一棵冷杉
变成一叶小船，
无桨亦无臂。
人们不时听到
水声汩汩，
惊动了
环绕它的流水。

新生儿

为安妮-玛丽[1]而作

1　安妮 - 玛丽(Anne-Marie)是苏佩维埃尔的小女儿。

新生儿

猛然拨开云朵，
她终于走出她的星辰，触碰大地。

墙壁想要挨近看这新生儿，
阴影中的几缕灵巧天光为它们揭示。

城市的声音寻找她的耳朵，
想如一只微小的蜜蜂那般穿入其中，

犹豫着，又疏远，渐渐被这
离它的秘密依旧太近的肉身惊吓，

肉身以它的微小袒露一切，
闪亮，盲视，为未来而战栗，

在一段漫长的合眼的旅途中，
在一个永无回声的黑夜国度，

而回忆藏在攥紧的手中
（别松开，把她的思想留给她自己）。

*

她想着：

“多么严肃又多么高大，
这些观看的人，
他们的脸庞
仿佛高山耸立。
我是一片湖、一条河，
还是一面魔镜？
他们为何把我注视？
我没有什么能赠与他们。
让他们走吧，让他们走吧，
去往他们眼睛冷漠的国度，
去往他们眉毛的国度，
对我一无所知的国度。
在我合拢的眼帘下，
我依然繁忙。

我需要休假，
要忘记色彩，
百万种光芒，
还有那更多的
另一边的昏暗。
我需要在这所有
将被我离弃的星辰间
建立秩序。
在无边的睡眠深处
加快速度。”

*

当她睁开双眼，他们赠与她一棵树
及其枝蔓丛生的世界，他们赠与她远海
及其繁多的天空，
她重又把一切带入睡眠。

*

孩子和保姆在她的城堡里，
快从雉堞透出的光看向她，

她的唇依然不识词语的滋味，
她的眼要在这光滑浪花之上
寻找财富，如同飞鸟。

这纯白，这泡沫，意味着什么？
哪一把长刀划开了浪？
像是有船驶过，
而桥梁，被这骤然的醉意摄取，
　　十二个潜水员跳下海。

噢，我的泳者们，一个孩子看着你们，
泡沫闪耀，符号神圣，
疯狂的字母，在没有记忆的纯白里，
她执着地想要解读，
而水一直扰乱所有的故事。

陌生的朋友们

陌生的朋友们

陌生的朋友们

一尾鱼为你诞生，
立刻摇摆进深邃灯火的至暗之处，
头顶之上一颗星星为你诞生，
它想歌唱，却无法
比它那些沉默的星辰姐妹更动听。

一只正值盛年的鸟儿为你诞生，
翱翔中，把你的故事藏进它的心，
因它只能以它的鸣叫去展示故事。
它在林木之间高飞，择一枝
而栖，仿佛与其他鸟儿一样。

这些野兔和鼬鼠匆匆跑向何处?
这一片领域未曾有猎人涉足，
哪一种恐惧把它们萦绕，让它们匆促，
让松鼠在奔逃中成为叶片与树木，
又让牝鹿与狍子刹那间不安惊惧?

一位朋友为你诞生，正把你找寻，
他不知你的名字、你的眼睛，
然而他必须像别人一样被触动，
在心里安置陌生的跳动，
来自他从未经历的岁月。

而你呢，你做什么？噢，被这些意外的
路人、被这些牲畜和鸟儿困惑的脸庞，
自问的你，没有了消息的你。
“若我遇见远方的朋友们中的一位，
我可还能凭着我曾对他的伤害把他辨认？”

为你、为他们、为寂静、
为冒失的词语请求原谅，
为来自陌生嘴唇如虚发之弹般
远远触碰你的语句请求原谅，
为看似善忘的额头请求原谅。

时间的马匹

当时间的马匹停留在我的门口，
我总会稍稍犹豫是否观看它们喝水，
只因它们以我的血液解渴。
它们转身，感激的双眼看向我，
而它们长长的面部线条用虚弱填满我，
丢下我，如此疲倦，如此孤独又失落，
让一场短暂的夜侵袭了我的眼帘，
让我不得不突然在自身重塑力量，
只为若有一天当干渴的马匹到来，
我依然在这世间，依然能解它们的渴。

鸟　儿

"在我的书页间振翅扑腾的鸟儿，你在寻找什么?
你对我这斗室里的一切都这般陌生。"

"我不认得你的房间，而且我距你遥远，
我从未离开我的森林，我在那棵
我藏起了窝的树上，用别的方式理解
你遭遇的一切吧，忘记一只鸟儿。"

"然而我切近地看到了你的爪、你的喙。"

"你当然可以拉近距离，
若你的眼睛把我发现，那可不是我的问题。"

"然而你确实在这里，因你向我回应。"

"我回应的是我对人类所怀有的永恒恐惧，
我喂养我的崽儿，没有其他消遣，

我偷偷地把它们照顾，
在我以为同你的墙一般厚实的林荫深处。
让我停留在我的枝头，请你别再言语，
我害怕你的思想，像害怕猎枪一击。”

“让你羽翼下那颗聆听我的心镇定吧。”

“然而你暧昧的温柔之下藏着怎样的恐怖？
啊！你杀死了我，我从树上掉落。”

“我需要独自一人，连一只鸟的目光都……”

“只因我离我的森林深处太过遥远！”

小　径

“别去摸那个骑马
路过的人的肩膀，
他会转过头来，
那时将是黑夜，
没有星辰的夜，
无弧线亦无云。”
“那么，这组成天空的
一切，月亮和它的行迹，
以及太阳的声响，
都会变成什么？”
“你们需要等待
第二个跟他一样
强壮的骑马的人
同意路过。”

熊

极地没有叹息。
一头熊不断翻转
一个比雪和它自己
更加纯白的球。
如何使它听到巴黎
深处的声音？这声音
告诉它这是个愈发
萎缩的午夜太阳的
古老球体。
当这头熊与这锁闭的
房间遥遥相隔，
它与这些从我门前
经过的普通牲畜
大相径庭，
懵懂的熊伏在
它小小的太阳上，
它多想用呼吸、

用它深色的舌头
慢慢温暖太阳，
它似乎把太阳
当作了蜷成一团、
紧闭双眼装死的
畏寒的小熊。

苹果树

在不断死去又对此不置一言之后，
你不用思索，让一棵
花满枝头的高大苹果树绽放在寒冬当中，
那些鸟儿以自己陌生的嘴守护着
这棵没有季节的树，仿佛是在最富生机的五月，
那些为阳光与雾霭欣喜的孩子
手拉手围绕着树，活得坚定。
他们曾是它生机的见证。
树毫无苦痛地赠送它的果实，
仿佛一棵平常的树，在白雪的天空下，
把你的希望送达它的高处。
而它的谦卑要走近才可见。
是的，胆怯地，时常地，你们相互靠近。

脸

像混合纸牌一样，我不由
自主混合这些脸庞，
于我，它们全都珍贵。
有时，一张掉落地上，
我徒劳找寻，
纸牌消失不见。
我所知的不过如此。
纵然我喜爱
那张美丽的脸庞。
我洗着其他纸牌。
我房间的担忧，
其实，是我心的担忧，
继续燃烧，
并非因为这张纸牌，
它已被另一张取代：
这是一张新脸庞，
纸牌依旧完整，

却依旧被损坏。

这就是我所知的一切，

也无人再懂得更多。

被拍摄的手

人们让它们穿入表面光滑的世界，
一个纵然山脉嶙峋，触摸起来也柔和流畅的世界，
它们生命中第一次被当作脸庞对待，
它们感觉到自己是空泛的额头，
以及容貌诞生时的第一种征兆。
回忆以迟缓成形的长波的平静
从千里之外而来，登上这初生的海岸。
头脑的认知终于抵达拇指。
生命中第一次，
拇指在它的领域微微移动，
曝光时，
手把它们的名字告诉太阳，告诉晴朗的白日。
它们把这从心脏直至温热血管另一头的
轻微迟疑称为“颤抖”，
它们懂得生命就是瞬息即逝的脆弱之事，
即便对于那些长久以来对别的一切漠不关心的手而言。
然而，在这与光之力的短暂交谈中，

它们并未体验到它们猜测之事。
那个时刻来到了，那个人们除非说谎，
否则就不能称它们为善忘的时刻。

呼 唤

黑衣女士们拿起小提琴，
为了演奏，背对镜子。

像最好的日子，风无踪无影，
为了聆听隐约的乐音。

但仿佛突然被遗忘笼罩，
小提琴在女人们臂中噤了声，

仿佛赤裸孩童
沉睡在林木中。

没有什么能唤醒
静止的琴弓，大理石的提琴，

而在这睡眠最深处，
一个人对我低语：“只有你能够做到，
请速速前来。”

隐　士

隐　士

他独自躺在
高草与荆棘的大床上，
他赤裸的身体总在
络绎不绝的夜里
被跋山涉水
经过千种黑暗而
依旧残暴的
古老太阳照耀。
当他在路上前行，
就永不回头。
这是他的第二人格，
总与他保持距离，
做他的侍从。
有时敌对的星辰
为了确认是他们，
使他们遭受一百支
久久浸毒的箭。

当他们经过时，甚至树木
也满怀生机，
树干在脉络中颤抖，
显然是在思索，
也别再提树叶，
总有一片落下，
即使是春天，树木坚守，
意志恒定。
昆虫为它们日常的任务
加紧速度，
所有的昆虫，脑袋缩进肩膀，
仿佛在责怪树木。
石头意识到
曾经的自由；
它，知道静止的背后、
脆弱的面前
发生过什么。
年轻女孩惧怕他，
有时女人呼唤他，
而他在自己的残酷贞洁里，
谁也不见。
墙壁刺激着他的精神，

当他远离时，
被一束飞在
他们夜里的秘密启迪，
他总是在他确定的心中藏着
他唯一的行李
与他随从的心。
在他灵魂的事业中，
他建筑的工程
总使他筋疲力竭，
在没有刻字的界标边
伸出叹息的舌头，
如一只肺部疲惫的狗，
他看着他长长的手，
仿佛骨与肉的镜子，
他立刻重又离开。
他的步伐曾负盛名，
但只他一人知道他的名字
在此：“比人类更庄严，
而睿智如那些从未
得到过安睡的死者。”

寡　妇

寡　妇

把你纠缠的悲伤，与你随行的光亮，
黑色眼睛的执拗，只为自己歌唱，
如影随形，不离半步，
她们仅余那些寡妇的声音，
仿佛你同样也只是那声音。
在她们惊惶的日子里，她们走向你，
而她们阴暗的枝蔓缠绕你的灵魂，
她们的告解在你的脚底摔得粉碎，
只因找不到适合这般暗影与火光的词语。

世上满是失去脸庞的声音，
日夜辗转为了获得一张脸。
我对它们说："随便对我说话吧，
因我是聚会中最卑谦那个。"
"别把我们的命运与你的混为一谈，"
一个声音回答我，"我名叫某某，
我不再记得我的名字，亦不再有头脑，
只能占有别人的头脑。
就让我在你的思想上依靠片刻吧。
靠近一只生者的耳朵
对我这样的一无所是者已意味良多。
相信我所说的，我只是个死者，
我是说，一个斟酌字句的人。"

“我是诉说的灵魂，
请你们尽力倾听。
我为我的肉身羞愧，
它处处与我同行，
用它肉身的衣物
把我包裹。
我觉得它如此粗俗，
因这些骨骼和血液，
我时常将它诅咒，
无论身处海洋还是陆地。
我幻想着把它
沉入河流深处，
而现在的我
失去膝盖，却跪在
它平躺着的地上，
我明白如今我只剩下
属于它的回忆，
回忆走来走去，焦虑不安，
从我缺席的头脑
直至我缺席的脚，

好似一场悲伤的潮汐
将在海洋中涨落。
我是空中的一只鸟，
不知在何处着地，
它们砍去我唯一的树木，
而土地也流动飞逝，
啊，这究竟是什么国度，
在这里，人们从不回应，
也从不倾听
一个可信的声音？”

房中晨曦

微光触摸这个睡梦中的脑袋，
从他的额骨掠过，
确认就是昨日那个男人。
色彩蹑足穿过十字窗棂，
带着无声无息的旧习惯，
白色来自东帝汶，触碰过巴勒斯坦，
而此刻在他的床上倾身舒展，
另一种怀着憾意离开中国的色彩
此时贴在镜子上，
仅仅是向镜子靠近
就给予了它深度。
又一种色彩走向橱柜，为它涂一丝黄色，
这一种色彩为这个
休憩中男人的境遇
重新涂上黑色。
而灵魂对一切了如指掌，
这担忧的母亲一直守在这躺卧的身体旁：

“厄运没有降临在我们身上，
只因我岁月中的身体
依旧在幽暗中呼吸。
没什么比这更悲痛：
再无以忍受痛苦，
而灵魂失去庇护，
被挡在这锁闭的门前。
有一天我会失去旁边这具魁梧的身体；
我喜欢想象床单下他的形状，
血液，我的友人，在他的马来西亚三角洲流淌，
而这只手时而
在梦幻中微微移动，
在身体和灵魂中
都不留痕迹。
然而他正安睡，别再思索，别把他惊醒，
这不难做到，
只需要让我的声音
比正在生长的叶丛和茎青叶绿的玫瑰
更为轻微。”

灵　魂

有时它留在海洋的声响中，
有时它在针孔中自如穿行，
它亦会以轻盈质地
　　覆盖巍峨山巅，

它像男孩和女孩一般歌唱，
它在远处与近处一样明亮，
如蜡烛或星星噼啪作响，
　　却总出自无心，

它自你向我走来，不被看见，
在大气中筑巢，仿佛在树上，
让我们去寻找它吧，不需要动弹，在这战栗的夜里，
因为即便最轻微的声响，只要持续，就会将它杀死。

人们分明看到我们的狗迷失在荒野，
而我们，人们却再也看不见。
人们同样看到我们最亲密的朋友们，
嘴唇轻轻哼唱我们的歌，
然而人们徒劳地探测整个地球，
哪怕拥有明目，人们也看不到我们
——甚至看不到我们遗忘的外套和手套——
然而我们无处不在，看着
我们的朋友把我们寻找，心灰意冷，
而我们，头埋在双手间，
把我们最新的泪跟星辰的泪混合，
只因昨日对我们来说犹如明日、
今日，每一日都在长枪一掷中死去，
自晨曦来临就被人们谋杀。
我们永远闭上了无用的大眼睛，
而太阳丢下我们继续赶它的路。

地球的惋惜

有一天，我们会说：“曾是太阳的时分，
你们还记得吗，它照耀了最小的细枝，
公平地照耀老妇人和诧异的年轻女孩，
它懂得一出现就给予物体颜色？
它追逐奔驰的马，又与它一同停下，
那是我们在地球上难以忘怀的时光，
在那里，物体跌落时会发出声响，
我们用了然的眼看向四周，
我们的耳朵懂得空气的所有细微差异，
朋友的脚步一向前，我们便知晓，
我们采集花朵，也采集光滑的石子，
那些我们无法捕捉烟雾的时光，
啊！这便是我们的手如今能够捕捉的所有。”

切近的灵魂

我的灵魂追随我的身体，
——夜以继日，
为了成为阴影，
灵魂不需要阳光。
“灵魂，你想要什么？
你在这里，靠这么近，
你是阴性的、苛刻的，
以你妒忌的百叶窗
审查我的思想。
你用葬礼的手绢
蒙上我的双眼，
当轮到肉身
来来去去，
与路人交错而行，
把他们观望，
当肉身忘记远方，
神情失望，

当肉身碰到
因触手可及
而美妙的物品。”

我的兄弟们，有一天你们会来到，会彼此告知：
“一位诗人拿走了我们整个生命中的词语，
以更强烈却更温和的新悲伤
来驱赶旧悲伤。
他有一张脸庞，倒映空气，
　　群鸟飞过的痕迹和森林之底——
都在他深刻的使命中被重塑，
他躲在自己的诗句里，当他看到我们，
便用我们繁多的脸庞宽慰
　　　　已不在这世间的自己。”

为一位逝去的诗人而作

快给他一只蚂蚁，
哪怕只是小蚂蚁，
只要真的属于他自己！
不能欺骗一位死者。
快给他蚂蚁，或一只燕子的喙、
一小段青草、一部分巴黎，
他仅有巨大虚空属于自己，
他依然对这命运不明就里。

他回赠让你们选择
无法把握的晦涩礼物：
卧躺在雪底的倒影，
或最高处云朵的另一面，
喧嚣中的寂静，
或不设防的星。
他命名并赠予这一切，
无狗亦无人陪伴的他。

她只是这战栗
于睫尖的沉寂，
她存在于一滴泪里，
并希望仅此而已。

你们明白我意指又害怕
说出其名字的人是谁吗?

我想到那可怜的玛丽，
如今没有身体也没有眼睛，
凝缩为这闪光的一点，
她躲在那些百叶窗的后面，

并非涂色木窗，亦非铁窗，
而是纯净天空和简朴之窗。

给里卡多·吉拉尔德斯[1]

在布宜诺斯艾利斯的一条长椅上，在光滑狭长已是平原、
吸着烟向四处散去的土地上，
他们坐着，里卡多·吉拉尔德斯与一个素昧平生的人。
这回忆仿若一支烟的红色星火在夜色中光芒漫天，而人们再
　也看不到别的。
（可死亡让我们愈加靠近，从那时起我用“你”称呼他。）
如今，里卡多，我们在这里，一些朋友聚集在河的对岸，
仿佛一群天文学家在黑暗中密谋与一颗遥远的星星对话，
他们想要召唤一颗漫不经心的星星的关怀与友谊，
他们安置工具，转动奇怪的手柄，
而人们立刻便听到了美妙的音乐，
只因我们在你眼中突然变得透明，
在我们这个日夜旋转、谨慎完成使命的古老地球上，
我们看见你安顿在你的天火之中，
你从此能为自己找一个合适的位置，哪怕是在火中，

1　里卡多·吉拉尔德斯（Ricardo Güiraldes，1886—1927），阿根廷小说家、诗人。

抑或在一颗钻石的内心，你不需要从你新的坐骑上下来便能
进入。
你会迎接这个想要向着你上升的声音吗？
将只以星辰和它们的复杂方式呼吸的你，
你离开你的身体，仿佛离开一件无用的衣裳，
却无法控制自己追随阿德莉娜[1]投在你未完成手稿上的目光。

1　阿德莉娜·德尔·卡里（Adelina del Carri，1889—1967），吉拉尔德斯的妻子。

航　迹

航　迹

人们见到了航迹，而小舟不知所踪，
因为幸福曾从此处经过。

他们曾在自身的眼底相视，
终于见到渴盼已久的林中空地，

在那里，巨鹿肆意驰奔，无所顾忌。
猎人不会走进这无泪之境。

到了第二天，冰冷的一夜过后，
人们在他们身上发现了爱的溺水者，

然而人们所能捕捉的一切痛苦的证明
示意我们所有人那并不可信。

他们船帆的一角依旧在空中飘荡，
孤帆零落，与风嬉戏，

远离小舟和失控的桨。

欲 望

当比法官更苛严的欲望之眼让你靠近，
而灵魂依然
被失明的肉身惊吓、推开，肉身独自离去，
离开床铺，仿佛一个梦游的兄弟，
当它最为阴暗的血液自隐秘的山脉流淌，
而肉身直至头发就仅是一只非人的巨掌，
摸索着，纵然日光普照……
然而还有另一肉身，
还有另一个梦游者，
两个此刻嗡嗡作响的脑袋相互靠近，
没有记忆的赤裸胸膛在暗影中试着相互理解，
而丝绸的沉默以最浓厚的温柔倾诉，
直至这些存在
被默默地放置于不同海岸的时刻。
而灵魂重归肉身，不明所以，
重新合一，相互询问起近况。

幻　梦

山丘上的女人们边行走边献出自己，
每一个人都永远向新镜子走去，
纵然是忠诚的男人也没有记忆，
文字在黑板上自动消失了踪迹，
回忆安睡，盛满幻梦，
当人们想要拉情人的手时，
触摸的已是一只陌生的手，
因这变换而在你们的手中愈加柔软，
摇动着，变成一千只即将到来的手。
人们总是第一次相见、
最后一次相见、别的时分相见。
纵然在睡眠最深处，未来依旧把你们催促，
而人们在天空中寻找一丝安宁，
在你们眼里，夜以别的方式布满星辰，
心不在焉是它的天性。
星辰在它们最深的源头犯了错，
而地球，知道自己不再是圆的，
为自己，为天空的荣誉而痛苦。

我记得——当我这样说，
啊，人们永远不会知道是谁记起，
在这整个制造了心又为它命名的
喃喃私语的炎热街头——
我记得，是在人们
于地图最南端发现的一个国度，
天空处处潮湿，
黑色的晨曦，许多天真的人。
我记得——而这一次我确定，
千真万确，是我在那样的空气中嗅闻——
我在一阵暂时的晴朗中找到了你，
你将成为我的友人，
整整二十年，而如今依旧。

回忆里仅剩下纯洁、平静的胸膛
和被往日染色的赤裸臂弯的拥抱，
浓密头发伏在依旧温热的额头上，
纵然时间对他已无计可施。
这四散的回忆凝聚，在这片万籁俱寂——
这些领域的唯一守卫——之深处抵抗遗忘。

这定是别人的嘴唇、
别人的微笑，
若我靠近你。
啊，我的目光把你改变，
让人再认不出你，
哪怕是亲密友人。
你让人们惊异，
在这屋子中间，
惶恐把你俘获，
你对陌生的眼睛
垂下眼帘。
这颤抖的若干厘米
不能把我们分开，
我也感到自己
成了陌生人。
你得同意
这一次让我迷失，
你对我确信，
甚于对自己确信。
我们对视越长久，

就越迷失在

燃烧我们双眼的

灵魂之沙里。

楼　梯

因为楼梯吸引周围的所有，
而人们只能闭眼靠近，
每一个走在楼梯上的年轻女孩，
迈出悲伤的一步便老去十岁
——她的裙子和肌体同时衰老——
生命太迅速，她只有一个心愿：
在最后一级梯阶上长眠；
因远方一个快乐的小女孩
陷在木床里梦见了楼梯，
一夜间变成她自己的雕像，
只剩下石头的动作，
人们发现了她，她神秘的梦与微笑
都僵成了石头，却依旧在伪装……
但有一天，人们攀登梯阶，仿佛
曾经的一切都合乎常理。
女孩们吃浅色柑橘，
男孩们眼巴巴望着，

楼梯则全然不知其古老的魔力，
你们可还记得？我们曾共同走过，
而与我们同行的孩童曾为它命名。
唉，这是个如此切近缄默的名字，
他徒劳地向我们重复着，
当我们抵达楼梯顶部，
他万般疑惑，把头埋在泪水之中。

雪上的这只手
在做什么？它如此孤单、
如此绝望，
不得不在这般枯燥之中
自给自足。
人们看见这被遗弃的手
指头移动，
而它依旧温热，
如同其他的手。
它还在这热度之中
期待什么？
热度再不能消退，
也对把热度给予手的心灵
一无所知。

岁　月

手柔嫩，而眼睛如此轻盈，有着
　　被天空催促的清澈水流的颜色……
如今我依旧管它叫“我的青春”，
如今没有谁能听得到我，甚至我的心
也对我满怀羞耻，佯装耳聋，匆匆忙忙，
　　　　丢下冰冷的我。

爱　情

这色彩是你眼睛的颜色，
这温柔的空气亦是你的神态，
然而在那些连着昨日与今日的道路上，
你依然骑着你那些年轻的马儿
朝我而来，每一次驰骋都向我靠近，
　　　　永不停息。

回　忆

当我们将脑袋置于两手之间，
以一种石头的姿势笨拙地岿然不动，
不是圣徒那样——而是可怜人般——
当我们的爱情被我们的影子一分为二，

若你想着我，我确信会知道，
在我仅剩一丝隐约之风吹过的脑袋中：
若我以沉默回应你，
千万别以为那是冷漠。

旁观者

旁观者

房中阳光灿烂，
甚于整个大地，
在最切近之物下面，
人们发觉乐趣：
移动一张罩布，
物品时而逃脱，
迅速仿若蜂鸟
被发现了巢窝。
心只活在爱的
焦虑之中，
必须一直寻找、
四处搜索。
四壁之间不缺乏
森林的任何成分，
不缺岩洞和瀑布，
不乏野性的深度。
外部的众多空间

穿墙入室，
以甜美与苦涩之形
触摸你的身体。
甚至天空就在那儿，
带着它隐晦的恐吓，
人们在脑中听到
来自眼球的警告。
但为何对那沉默的
想忽视你的女人
不置一言？
她孑立房屋正中，
把秘密的嗓音
藏在眼球里。
纵然你这般满怀
敬重与幻梦，
姿势纯真又谨慎，
仿佛凌波而行，
然而她惧怕你，
甚于夜的恶魔，
因为，当你抬眼，
你便自目光抹去
所有白日的温柔，

纵然她美丽的头
靠你本人如此近，
她知道如何
在她和你的生命间
制造树林与沟壑，
更别提沼泽
和其他流动的土地，
你的生命流逝，
经过万籁俱寂，
从你的杯子直至海洋。

曾有一人
进来讨酒。
他敲打一张
谁都不曾见过的桌子，
而这化身仆役的
女人向他走过去。
她半裸着，
此时人们听到
门外一匹马嘶叫，
仿佛迫近的风暴，
而坚固墙壁

再不让人进入，
而三扇窗户
同样阻挡白天。
你，你曾消失
在人们的记忆里，
只在你身后留下
墙壁上你的肖像，
栩栩如生，对一切好奇，
比活着的你更富有人情，
却因自身的焦虑
碎裂、发黑，
有人看见一个脑袋，
有人看见一些风景。
他们在你面前谈天说地，
而你动弹不得，
灵魂被画掠去，
他们最终走远，
留你在画框里，
他们开始玩
新的纸牌。
非梅花亦非红心，
非黑桃亦非方块，

这是爱的游戏，
而我们将不再置身其中。
没有手臂的人
不得不耐心，
无论对男人还是女人，
你再无权力。
你就像个吊死鬼，
连唾液也被剥夺，
一根粗绳索把你
固定于残忍房梁，
当人们摊开
牌面与花色，
只有你的画框懂得
你是个旁观者。

人类之光

孤　独

在数个世纪里迷失的人，
你难道永远遇不到一个同时代人？
而那前行在高大仙人掌背后的人，
他没有自其山峦流淌的你的血液的年纪，
他不认识浸润你目光的河流，
又怎能得知深藏于他头脑中的数字？
啊！你本该如此喜爱与你同时代的人，
本该在那时把一个欢乐的孩子拥入怀中！
但在绝对空间的这一面，
所有的脸庞像水与沙一般逃脱于你，
你甚至不知昆虫和水滴所熟知之事，
它们立时便知晓该向谁诉说、应向谁私语，
但无脸庞的星辰
却懂得你的语言，
时时刻刻，习惯于距离，
它们助你思想，为之提供言语，
闭着眼侧耳倾听便足矣。

噢！我明白，我完全明白你更渴望
被人们称之为今天的日子理解，
因它的直率，以及它与你相似的空气，
被地球上你那些相互交谈的同类理解，
因他们只能自其有颗在别人看来晦暗的心
闪烁的数光年的
杳深处表达自己。

让我用手护着你的光吧，我的心，
你被风的统领们无情包围，
他们想要吹灭这蜡烛取乐。
而我依旧前行，在他们的笑语中，
期望他们别把我放在心上。

在我夜的最浓处，我向自己证明力量。
这匹奔腾的马冲出我的双眼，
再也不会回到我的眼帘深处，
亦不再质疑是谁给予它白日，
它在周遭寻找，在自己的驰骋中迷失，

然而它生机勃发，看，它正让尘土飞扬。

满怀幻梦的我的身体，不止一盏信号灯点亮
在我的双臂、我的双脚、我的头顶。
仿佛一片湖把一座山照映，直至峰顶，
我感觉到那沉浸了高度的深邃，
并被天上的星辰惊怯。

依然活着

这匹去年之狼乃是今日之风，
而有谁能知道它将变成什么？
我们仿若枯叶卧倒在风中，
我们不曾有空询问
在这狂乱的空气中我们这般走向何方，
我们的血已染红脚下的草。
然而我们已经感受到这力量，
如同这些坚硬的树干感受到根的引导，
树干眼看我们打着转却什么都说不出。
若这一切叫作“不曾活过”，
若我们是某个溺水者的错误，
却以为看见自己在近岸上奔跑……
然而并非如此，我们认得那确信自己、
确信我们自身力量的巨大热情，
它发笑，抑或发怒，
我们都随它的脚步而行，仿佛老友，
轻松挽着手臂，为了更加融洽，

宁愿这般寒暄，不用相互交谈，
为了这热情不会随着言语消散。
城市与森林眼看着我们经过，
它们太熟悉那些迅疾的鸟儿，
鸟儿在路途上帮助我们思考，
猎人徒劳地用猎枪追随它们。
弹丸穿过它们却不能停止它们的飞翔，
它们生存于生命与鲜血之外……
而如今我们被死去的鸟儿环绕，
为了不弄脏自己，我们用脚拨开鸟儿。

诗　人

我并非永远孤独地走向自己的深处，
我带着不止一位生者与我同行。
那些将走进我寒冷洞穴的人，
他们确定能离开哪怕片刻吗？
像一艘沉船，我在自己的夜里
胡乱地堆满乘客与海员，
于船舱中熄灭眼里的光，
为自己结交深不可测的朋友。

浮　云

曾有段时光，那些影子
还在它们真正的位置上，
未曾遮蔽我的传说。
我的心曾放射光芒。

我的眼曾了解藤椅
和木桌，
而我的手因缺十指
而无梦。

听我说，我童年的船长，
像从前那样做，
登上我的第一艘小船，
它在我十岁之时出海。

它不让幻梦的水渗入，
它必然嗅到了沥青，

听着，如今，仅在我的回忆里，
木头依然是木头，而铁依旧坚硬，
许久以来，船长，
一切于我皆浮云，我将因此消逝。

我的房间

我的心唤醒我，有话对我说，
它触碰我的门，似一个谦逊的陌生人，
停在我面前，却只会说：
“走吧，我认得出你，正是你，我的朋友，
别组织词句，别感到抱歉。
在我们夜的最深处，再一同回到我们的森林，
生命就在四周，唯有继续
做那颗被危险窥伺的生灵的心。”

我对我们的生命一无所知，
除了这窗外的稀疏绿草，
抑或这些永远陌生的鸟，
无论是燕子，还是云雀，
让我们一起再回到我的夜，
我的笔带来遥远的光，
我有我的大熊座和猎户座，
以及一切从它们的天空直至我自身的所需，
在我人云亦云的房顶下，
当一切沉睡，房间独自迈着我的步伐行走。

台灯喧闹地梦见自己是阴翳，
在周围散发参差不齐的黑暗，
纸张在它的平静目光下变棕，
墙壁喑哑地守护无尽的秘密。
若你要在光线下打开这些书，
它们会在变换的文本中出现，
人们看见低语的词到处闪光。
你混乱地把你的名字写在文本间，
然而，一阵阴影的细雨降落下来，
让词语在一种陌生的酸中变了形，
沉睡者在点亮的台灯旁悄悄做梦。

然后，物体开始微笑，
带镜的衣橱神色了然，
扶手椅佯装对我们的四季
和那唯一的季节了如指掌
（后者不懂得冰雪和阳光的炽热）。

水龙头在它喧嚣的胡须里笑，
人们一转身，废纸篓便阅读起
文字的碎片，
而我是众物之中一个沉思之物
（我忘记了不久之前我曾是人类）。

骑马的人

这一切缔造森林、河流和空气的东西，
在这以为围住了我卧室的墙壁间均有一席之地。
奔跑过来吧，骑马穿过重重海洋的人，
我只有一片天空的屋顶，大有空间可容纳你们。

你们将从这里进入，没有丝毫水痕。
你们穿过的是漫漫年岁，还是海洋?
我们将用可靠的语言进行交谈，
既非法语，也非殖民地的语言。

你们来自迢迢远路，还是来自我的欲望?
当你们进来之时，我们自会知晓，
若你们来自远方，便会把我观看，
若非如此，我只会见到眼帘高抬。

门

人类生活里永远有你一扇扇门的故事，
这一扇从里面被锁上，得用蛮力推开，
　　你彻底推开了吗？
　　在没有家具的房间，
　　你听到一个声音：
　　“没有人住在此处，
　　况且你也明了。
　　把门再关上吧，
　　让物品可以
　　像你不在时那样。
　　当你观看时，
　　什么都不会发生，
　　任凭空气与寂静
　　不用手便可做它们的事，
　　在别处寻找你的位置吧，
　　这里没什么属于人类，
　　甚至向你诉说的声音

也只是针对你的耳朵，
人们关上门后，
它会渐渐消失。”

被环绕的居所

山对着我的窗户犹豫：
“若我是山，该如何进来？
若我高耸，带着岩块、砾石，
被天空改造过的地球的一片？”
森林的叶丛环绕我的房子：
“森林在里面说得上话吗？
我们枝蔓丛生的世界，我们叶片繁茂的世界，
它们在这房间里能做什么，在这放着白床的房间里，
在这于高处燃烧的烛台旁，
在这沉浸于杯中的花朵前？
能为这个一只臂膀弯曲、一只手在四壁之内
书写的男人做什么？
一起来听我们纤细敏锐的树根的意见，
他看不到我们，他在自己的深处寻找
懂得他语言的异样树木。”
而河流说：“我什么都不想知道，
我为自己流淌，我并不懂得人类。

我永远不会留在人们以为能找到我的地方，
我跑在自己前面，我生怕迟到。
可惜，这些用自己的腿离去的人。
他们离开，又依然以他们的脚步回来。”
然而星星自言自语：“我在一根绳索的末端颤抖，
若无人想到我，我便停止存在。”

一天的重量

孤独，你武装着无穷的生命来到我的房间：
雨淋在这人的外套上，雪下在那人的身上，另有一人被七月的阳光照亮。
他们从各处而来。“听我说！听我说！”
每个人都想比别人多说一些。
有人想寻消失的兄弟，而另一些人要找他们的情人、他们的孩子。
“我可帮不了你们。”
他们在消失之前都有话要说：
“听我说，我告诉你我马上就要离开。”
他们对我做着手势，让我坐下，好让谈话更久。
“我已经告诉了你们我无能为力，
眼和耳的幽灵们！”
一个陌生人请求我谅解，我不知他所犯何罪，他起身离开，
这个年轻女孩穿过不属于我们国度的森林而来，
这年老的妇人向我讨要意见。“关于什么的意见？”
她不想再说什么，忿忿而去。

如今这房间只剩下我的长桌、我的书、我的纸。
我的灯照亮一个脑袋，照亮人类的手，
我的嘴唇仿若孤女们，为自己而梦。

隐形的动物

狗

你，总被隐形的动物环绕，
而如今，这只在别的气候中见过你的狗
舔你的手，仿佛在南美洲：
“你错了，乖狗，那时代已经过去，
再无必要继续苦苦求生。”

追随者

羊追随马，
而狼狗追随羊。
诗人在他的影子里
带着羊、狗、马
和两三只
还不曾有名字的动物，
等待一阵顺风，
好让它们成形。

鱼

潜在深河湾的鱼的回忆，
我能拿你们迟缓的记忆做什么？
关于你们，我只知一些泡沫与阴影，
而有一天，如同我，你们将会死去。

而你们为何来惊扰我的梦，
仿佛我可以为你们提供救助？
向大海而去吧，留我在我干涸的土地，
我们的日子注定没有交集。

羚　羊

羚羊的脑袋如此灵巧，
在流连的日光之中，
它取天空的一片置于头顶，
野兽们远远地注视。
狮子第一个受到惊吓，
在森林的头发中消失了踪迹，
羚羊被头上
那一小片奇迹保佑，
它前行，不止一种动物想要看它，
夜的鸟儿们，白日中羞愧，
突然逃向它们庞大的黑夜，
咬了孩童的蛇
苦苦等待自己仅是一条蛇的时刻，
羚羊向老虎走去，
宽慰它，让它平衡，
然后，逃离这轻而易举的胜利，
选择承载它步伐的空气。

动物之城

门打开，进来只牝鹿，
但一切都发生在远处，
让我们别靠近这领域，
躲开游移不定的土地。

这是动物之城，
人类几乎从不涉足。
虎爪，猪鬃，
在暗处闪光，默默谋算。

我们别试着进入此地，
我们身上藏有多种牲畜，
鱼，鬣蜥，雀鹰，
都跃跃欲试要崭露头角，

我们离开时，会扯拽
一块虎斑，一片鱼鳍，

抑或一条
向我们讨水喝的象鼻。

我们的灵魂，我们肉身的
轻柔，将被一同夺去，
我们全部的生命都将为
我们身上死去的人类痛哭。

内心之镜

一如既往，无题

别靠近，脸庞会消失，
它只能远离你生存，
或者至少保持距离。
人们只听到一个虚弱的声音：
“没什么是为了我，我是说为了我们，
而更多的是为了灵魂和它的休憩，
它们拿走了一切，丢下没有火、
没有朋友的我们，在最为严酷的冬天。
他们离去，悲伤者、滑稽者、
迟缓者、懦弱者和自愿者，
在我们身上留下这不断延伸
且时刻准备更换秘密的影子。
一切都在推迟，都在找寻另一种形状：
这是母羊，头埋在你手中，
它在你面前变成一个女人，
你早已忘却的女人，
而切近的夜晚蜷缩，

为前来饮你一杯水。
‘我的杯子在哪儿？啊，我以为它已盛满。’
是纸张自己抹去了
那总是对它隐秘的词语，
你以为写了很久，
但剩下的就只是
这张人人都想读却无人读的白页，
它在无尽的缄默之中献出了自己。”

游荡者

我那么多次，唉，换了天空，
换了恐惧，换了脸庞，
再也无法理解自己的心
局限在同样的杀戮中。

他孤单一人

倘若你触到他的手，必然毫无意识，
你想起此事，却安上另一个名字，
在夜里，在最深沉的睡眠里，
你说出他的真名并请他安坐。

有一天，有人敲门，我猜出是他，
他来到我们身边，无论什么时辰，
而你看着他，带着这般遗忘，
让他重又走远，只在身后留下

一扇如他一般鲜活又苍白的门。

隐匿的、时而遥远的陌生人，
而如今你离得那么近，温和又无声，
但此刻怎可能认不出你，
你愈是如此长久才对我显现，你便愈加是你，
而你，同时地，躺在我床上，
站在衣橱旁，又坐在椅子上，
贴合空气的轮廓与谎言，
艳阳下你藏起你那令人生畏的羽翼。

这彷徨又纠缠不休的海的声音，
它熟悉这棵秀发满头的树
和这匹夜里来饮水
如饮纯水般伸长脖子的马。

得给予它你那逃脱
无数黑暗后苍白的人类脸庞，
仿佛穿越漫漫年岁后
我们嘴角一个逝去的梦。

“当太阳……”“但你用太阳做什么？
每一个白天的面包，夜晚的张皇。”
“当太阳……”“但你终究还是闭嘴吧，
它对屋中人而言太过巨大也太过遥远。”
“这嗓子的声音……”“不如说这脸庞的声音，
人们一直都听得到，哪怕它们缄默不语。”
“但这沉默……”“没有沉默环绕着你，
一切都为灵魂之耳发出清晰可辨的声音。
别再寻找了。”“我怎能不寻找？
我全部的眼神四处张望，仿若险境中的狐狸。”
“让我们丢下这些吧，你与你自己如此接近，
往后再没什么会降临于你，
安心吧，有一阵幻梦的微风，
而奇异的镜子闪耀近乎熟悉。”

另一个我

一个微笑消失
（并非一个）
一个女人醒来
（你又如何知晓？）
而门嘎吱作响
（人们早上刚上过油）
在有围栏的墙边
（这堵墙并不存在）
啊！我什么都不能说了
（那正好，住口吧你！）
我动弹不得
（你正在路上走呢）
我们要这样去往何方?
（这是我的问题）
我在这地球上孤单一人
（我在这里，就在你身旁）
我们怎可以如此孤单?

（我的孤单甚于你的，
我看得到你的脸庞，
却没人曾见过我）

海　难

一张切近的桌子，一盏茫远的灯，
无法相聚，在动荡的空气里，
一片荒凉的海滩直至天际。
海上一个男人抬手呼喊：“救命啊！”
而回声答道：“你在说什么？”

道路上一张张脸庞，多么游移不定的语句，
你们这般书写，是否永远都为了删去？
而那些你们试着说的，抑或试着说得更确切的，
是否永远都需要重新开始？

谁这般说话我心知肚明，
然而他不愿意人们为他命名。
有时我只认识他，
而有时我如此惊讶，
在我人类的庇护下，
早把这男人深深遗忘。

他的额头是怎样的，
而他的眼睛又是何种颜色？
我不能告诉你们，
但当他的外表散乱，
我却能从这内里知晓
是什么让他平静或把他摧毁。

我们是两个，我们是一个，
我们脚步淆乱，一如我们的心。
我们衣着相同，
当我们走在路上，
走在那条自我们延伸的路上，
那是我们可追随的唯一的路。

我们身上的世界

每一个物体均与它的声音、它的重量分离，
永远在它的颜色、它的理智和它的种属里，
而只需要光线和空间，
就能使一切都灵敏，都满足于命运。
一切皆与我共生，一同呼吸、歌唱
——非人之物一如熟悉之物——
被我的血液滋养，躲在血的温热中。
某一天，山与电灯为邻，
谁在发光，谁在我心中更大？
啊！当我再次睁眼，我将一无所知，
眼帘后面，我的知识留宿在我身体，
而我并不比我晦涩的血液所知更多。

彼世的间谍们，
你们在我们中间
监视我们的姿势
和我们心灵的愉悦，
你们一直要我们
昏暗、屈辱，
一个让我们
如你们残忍意向
所愿的凝视的眼神，
于你们还不够吗？

画　家

他总在两个夜晚之间
为你展示白天，
用那些被光亮之剑
斩为半明半暗的花，

用一支照耀樱桃的
孤零零的蜡烛，
用一张被秘密的重量
折叠的纸，

以叶丛为背景，
在其中，适宜用
植物的眼神窥探
你自身之神秘。

早晨与树

早　晨

当地球这艘邮轮，舷窗一扇扇
开启，为熟悉的鸟儿留出通道，
这些白色手臂拥抱日光如同拥抱兄弟，
我们便相信看见了最好的我们
以苏醒的太阳最初的脚步进入。
我们面前是春天的树，
还是高耸的浪花和找寻泡沫的人?
要理解和知晓，还为时尚早，
目光依然承受着些许模糊。
我们满足于多做一天生者，
听着我们身体里还未躺下的心
劳作在同样黑暗的夜晚与白日，
为了稍稍准备自认为幸福之事。
我们任凭其相信此事，只因必须
让谎言同样驻留在我们自身深处，
当太阳佯装升上天空
用同样的诡计永远把我们戏弄时。

树

曾有过眷恋，有过柔情，
都变成了树木。
曾有过彬彬有礼的言语，
如今是树木，是枝蔓，是叶丛。
曾有过美丽衣着围绕一颗恋爱中女子
或男子的心，是的，性别又算得什么?
变成了没有明显意愿的树木，
若我们砍下一枝，注视它纤维的心弦，
它依然不语，
至少对人类的耳朵而言，
不置一词，只有单调的沉默，
一只小蚂蚁所历经过的各式纤维的心弦到来。

树，它这般扭曲，这般向各个方向延伸，
同时依旧岿然不动!
而上方的风试图让它动起来，
想要在其他鸟儿中间创造一种

比实物更大的鸟儿，
但它没有留神，
需要知道该如何做一棵持续四季的树，
观看，为了更好地沉默，
聆听人类的语言，而从不回应，
需要知道把整个自己放在一片叶子里，
再看它飞舞。

为了与河流同歌唱，
需要另一个声音，
与瀑布浪涛同歌唱，
不会是你的声音。

在深邃的洞穴里，
你与你一同歌唱，
当你某刻遗忘，
便会骤然摔死。

乖顺时，他是盲人，
双目圆睁，
是为了把内部看得更清，
原谅他的脸庞
此刻成了你的。

让出空位

消失一刻，让出空位给风景，
花园将如大洪水前一般美丽，
没了人类，仙人掌重新成为植物，
而你即使眼睛紧闭，也与这些
寻找逃脱你之物的树根毫无牵连。
任由青草在你的幻梦之外生长吧，
然后你重又回来观看曾发生之事。

夜的造访

是露台还是阳台，我踏上脚，
人们便可立刻分晓，

我长久等待，被我的身体妨碍，
天色大亮，有人靠近。

正是变成女人的夜，
在阳光下战栗如山鹑，

她尚未适应包绕她的东西，
她在自身之中，甚至在她心中游荡。

有时，当我做着手势，
她观看，却心不在焉。

为了更好地说服她，我不再动弹，
但她并未领会这番寂静。

她费解的姿势正如她的嗫嚅，
总想将我带向另一方。

当天光渐暗，她以跟人类相似的
永远失望的脚步远离。

在街的尽头，她重新接合
她灼热的眩晕、她疏阔的形态。

仿佛每个夜晚她都布满
她数千只无一观看的眼。

而自那时起我屈从于我的影子。

等待着，因她那风无法触及、
人类的不幸却够得着的高度
　　而永远认得的夜，
等待她点燃内在、颤抖的簇簇火焰，
悄悄放下她渔夫的小舟
和船舷边被天空轻轻荡漾的灯笼，
把她的星辰之网置于我们浩瀚的灵魂，
等待她借由千百种倒影和隐秘的动作
在我们身上找到她的知己，
她用毛茸茸的手吸引我们，
我们这些被白天和耀眼的光线苛待的
　　迷失的孩子，
被这任我们穿过，也穿过我们的夜拾起，
她比熟悉的屋檐下一张安全的床更可靠，
是这喃喃私语的庇护所陪伴着我们，
是这脑袋枕着的床铺
　　开始移转，
在我们身上布满星辰，以找到她的路径。

这一刻，略略

你要我拿这世界怎么办?

既然我不得不早早离去。

这一刻，略略向周遭致意，

看看还有什么尚待完成，

这一刻，见一两个女子进来，

我们不会在她们的青春里，

且那已是我们灵魂的事务。

肉身将会摆脱其束缚逝去。

绿台布

当我想要命中
另一个象牙球，
我从台球桌边击打
这个惨白的球。

一些粗俗脸庞
观看这笨拙
击球的线路。
“这到底是哪个傻帽，
尽干些蠢事，
不晓得怎么
玩我们的象牙球？
他目瞪口呆看着
没有草的绿台布，
痴心妄想时间
能带来转机。”
而现在，他们笑着，

一个腻稠哈喇的笑
在他们的臭嘴巴里
找寻出路。
而我希望能够
避开他们的目光
向别处看去，
但整个地球上
都找不到别处。
我发现他们
在我心深处安家，
还从容自如，
他们变得微小，
撸起衬衫袖子，
喝着啤酒，
并用手背
揩擦胡须。

图书在版编目（CIP）数据

陌生的朋友们：苏佩维埃尔诗集．②/（法）于勒·苏佩维埃尔著；吴燕南译．— 南宁：广西人民出版社，2022.5
（苏佩维埃尔文集）
ISBN 978-7-219-11299-1

Ⅰ．①陌…　Ⅱ．①于…　②吴…　Ⅲ．①诗集—法国—近代　Ⅳ．①I565.24

中国版本图书馆CIP数据核字（2021）第236371号

拜德雅·苏佩维埃尔文集

陌生的朋友们：苏佩维埃尔诗集②

MOSHENG DE PENGYOU MEN: SUPEIWEIAIER SHIJI ②

［法］于勒·苏佩维埃尔　著
吴燕南　译

出 版 人	韦鸿学	策　　划	白竹林
特约策划	拜德雅	执行策划	吴小龙
特约编辑	任绪军	责任编辑	许晓琰
责任校对	梁小琪　文　慧	书籍设计	雨　萌

出版发行　广西人民出版社
社　　址　广西南宁市桂春路 6 号
邮　　编　530021
印　　刷　恒美印务（广州）有限公司
开　　本　889mm×1194mm　1/32
印　　张　10.5
字　　数　200 千字
版　　次　2022 年 5 月　第 1 版
印　　次　2022 年 5 月　第 1 次印刷
书　　号　ISBN 978-7-219-11299-1
定　　价　69.80 元